DIE KÖRPERLESERIN

Für Cordula

Ray Wilkins

DIE KÖRPERLESERIN

Ein Cordelia Storm Thriller

Texte: © Copyright 2012 by Ray Wilkins
Umschlag: © Copyright 2012 by Ray Wilkins
"Augenblicke" von Ray Wilkins
Übersetzung: Sandra Meder und Ewa Joanna Bogad.
Verlag: Factory Books
    Mierscheid 22
    53783 Eitorf
office@peopleandartfactory.com
www.ehmswilkins.com
Druck: Herstellung und Verlag: BoD – Books on Demand, Norderstedt
ISBN 9783743141414
Printed in Germany

Bibliografische Information der Deutschen Nationalbibliothek. Die Deutsche Nationalbibliothek verzeichnet diese Publikation in der Deutschen Nationalbibliografie; detaillierte bibliografische Daten sind im Internet über http://dnb.d-nb.de abrufbar.

A Factory Book

Ray Wilkins

1. KAPITEL

„Fürchtet den Zorn des Allmächtigen, ihr Sünder und Teufelsanbeter. Gott wird jeden Einzelnen von Euch an jenem Tag strafen, wenn ihr die unverzeihlichen Sünden der Unzucht und des Ehebruchs begeht. Gedenkt der wahren Verse der Zehn Gebote, wie sie die Hand Gottes schrieb und wie Moses sie auf dem Berge Sinai bezeugte: „Du sollst nicht begehren Deines Nächsten Weib!" Hört mich nun an, und fürchtet die Macht Gottes, welche der Geist und die Seele von Mann und Frau von jedwedem unkeuschen Gedanken wie Sünde, Sodomie und Unzucht läutern. Verneigt Euch in seinem Namen; senkt das Haupt auf den Boden*

Die Körperleserin

angesichts der Allgegenwärtigkeit des einzigen Gottes der Reinheit und der himmlischen Gerechtigkeit!"

Er war in Schwarz gekleidet, trug eine lange Kutte, die auf dem Boden schleifte und sein zerlumpter Zylinder hatte auch schon bessere Tage gesehen. Er stand auf einem der weißen Kieshügel, die das Wahrzeichen der Minenschächte waren. Er war der hiesige Priester von Lightning Ridge. Dünn wie ein Bleistift, sein angegrauter Vollbart war wirr und sein langes Haar hing ungewaschen herunter. In seinen Augen lag eine brennende, unheimliche Intensität, die schon an Fanatismus grenzte. Aber alle, die ihn umringten, senkten den Kopf und baten um Vergebung, auch wenn die nächste Frau oder die Frau des Nachbarn mindestens hundert Meilen entfernt wohnte. Das hier war Opal-Land, das einzige Vorkommen von schwarzem Opal auf der Welt. Durchdrungen von Hunderten vertikaler Schächte, die bis zu 300 Meter tief in die schneebedeckte, weiße Erde und den Stein gebohrt waren. Es war eine Männerwelt - zu hart und zu rau für Frauen.

Die meisten Minenarbeiter arbeiteten 6 Monate im Jahr und kehrten dann zurück zu ihren Frauen und Familien, die in Sydney, Canberra, Melbourne oder sogar in Perth lebten. Es war ein schweres Leben, voller Leid, Schmerz, Entbehrungen und manchmal herben Enttäuschungen. Binnen drei Wochen konnte ein guter Arbeiter ein kleines Vermögen machen und ein anderer konnte in Armut sterben, nachdem er 10 Jahre lang in der Mine geschuftet hatte. Im Jahre 1959 lebten die *Edelsteinsucher* meistens unter Tage in höhlenähnlichen Räumen, mit Blechschloten, die aus dem Boden lugten. Die Schlote saugten Rauch von den Feuern nach draußen und sorgten zugleich für frische Luft in den dunklen, stickigen Behausungen. Unter Tage war es viel kühler als auf der Oberfläche, wo es manchmal bis zu 40 Grad waren. Die Temperaturen unter Tage betrugen im Durchschnitt 22 Grad. In einer dieser unterirdischen Behausungen lebte der Prediger mit seinem siebenjährigen Sohn Jonas. Vor zwei Jahren war seine Mutter an Tuberkulose gestorben. Sie hatte sich angesteckt, als die Familie im Busch bei den *Kimberley Ranges* lebte, wo der Prediger versucht hatte, die Aborigines zum Christentum zu bekehren.

Der Priester glaubte von sich, ein gottesfürchtiger Vater zu sein. Er schlug seinen Sohn mit einem Akazienzweig, wenn dieser sündigte oder faul war. Manchmal sperrte er ihn auch tagelang in einer kleinen Höhle ein, in der es nichts außer Dunkelheit und Wüstenratten gab. Bestrafung war der einzige Weg zu Gott, pflegte sein Vater zu sagen. Er lehrte den Jungen über die sieben Todsünden und brannte sie ihm ins Herz ein. Er lehrte ihn zudem, dass Gott die Frauen nur aus zwei Gründen geschaffen hatte, nämlich um Kinder zu gebären und um die Züchtigkeit des Mannes einer Prüfung zu unterziehen, damit er ihren gottlosen Verführungskünsten widerstünde. Weiber waren unzüchtig und vom Teufel besessen. Es war Gottes Vermächtnis und seine himmlische Pflicht, das andere Geschlecht vom Fluch des Teufels zu läutern.

„Manchmal", erklärte er seinem Sohn, „könne es auch nötig sein, ihnen im Namen Gottes das Leben zu nehmen. Nur dann kann ein Mann in einer Welt leben, die frei von Verführungsversuchen und der moralischen Schwäche des Weibes ist." Zwei Jahre später stürzte der Vater des Jungen in einen Minenschacht und brach sich das Genick. Einige Minenarbeiter glaubten nicht an einen Unfall. Sie glaubten vielmehr, dass der Junge seinen eigenen Vater auf dem Gewissen hatte. Ein Minenarbeiter brachte Jonas nach Canberra, wo er bei dessen Frau und ihren fünf Kindern lebte. Aber der Junge verstand sich nicht gut mit den anderen Kindern. Es gab eine Menge Streit, vor allem mit den beiden älteren Mädchen. Daraufhin überantwortete der Minenarbeiter Jonas den Behörden und ein Richter entschied, dass er von nun an ein Staatsmündel sei. Ab da lebte Jonas acht Jahre lang in einem Heim für verhaltensgestörte Kinder.

Ray Wilkins

2. KAPITEL

Mit einer verschwitzten Hand griff Cordelia hastig hinter ihren Rücken, um den Verschluss ihres BHs zu öffnen. Endlich konnte sie sich frei bewegen. Das ist wirklich etwas ganz Großes, dachte sie, als sie das schwarze T-Shirt voller Farbflecken über den Kopf zog. Langsam rieb sie mit bloßen Händen fein gemahlene Kreidepigmente und Hasenhautleim in das dicke, grobe Leintuch. Die neue Leinwand lehnte an einer Wand in ihrem Studio. Sie maß drei mal zwei Meter und war so groß, dass sie sich manchmal auf die Zehenspitzen stellen musste, um den oberen Rand zu erreichen. Sie war 1,50 Meter groß, und ihr

langes, mahagonirotes Haar, die ausdrucksvollen braun-grünen Augen und
ihre athletische Figur ließen sie trotz ihrer 45 Jahre sehr jung wirken. Sie besaß, was andere Leute einen messerscharfen Sinn kreativer Logik und übersinnliche Intuition nannten. Sie selbst nannte es einfach, menschlich zu sein.

Ihre Arbeit, die sich in einem kreativen Schaffensprozess befand, sollte in ModArt, einer neuen, modernen Kunstgalerie im Bürgerhaus in Downtown Canberra ausgestellt werden. Auch wenn der weiße Kreideleim-Gesso noch feucht war, konnte sie schon bald damit beginnen, die Grundierung in einem satten Ockerton mit einem dicken Pinsel aufzutragen. Sie änderte unablässig die Strichrichtung, bis schließlich die ganze Leinwand bedeckt war. Cordelia war wie besessen, sie verlor sich völlig in der Leinwand. Während die Bilder mit Acrylfarben in der warmen Studioluft trockneten, ging sie in die Küche und schenkte sich etwas Chardonnay ein, den sie drei Jahre zuvor aus einem ihrer seltenen Urlaube im Barossa Valley mitgebracht hatte. Sie setzte sich auf das Sofa unter dem großen Fenster, das fast eine ganze Wand ihres Ateliers einnahm. Mit sich und der Welt zufrieden, trank sie langsam und genüsslich ihren Wein. Sie dachte an ihren Kollegen, Geoff Gullamalu, den einzigen Aborigine-Polizisten der Polizeikräfte des Australian Capital Territory.

Geoff war klasse. Sie konnte einfach immer auf ihn zählen, wenn es brenzlig wurde. Er

war groß und überragte mit seinen 2 Metern die meisten Leute. Er war früher ein Boxchampion im Schwergewicht beim YMCA gewesen. Sie arbeitete gerne mit ihm zusammen, weil sie oft auf der gleichen Spur waren. Er besaß eine unheimliche Fähigkeit, Gedanken zu lesen. Sie vermutete, dass er dies seiner Aborigine-Abstammung, seiner Intuition und seinem dreijährigen Training in Neurolinguistischem Programmieren verdankte. In fünf Jahren hatten sie eine Menge schwierige Fälle gelöst. Ihre Spezialgebiete waren Mord, Vergewaltigung und Entführung. Ihre Aufklärungsquote lag bei über 95 %, eine der höchsten in der ganzen Truppe.
In letzter Zeit war ihr bei Geoff eine gewisse Ruhelosigkeit aufgefallen.

Manchmal, wenn sie Verdächtige observierten, fiel es ihm schwer, still zu sitzen. Immer wieder stieg er aus dem Wagen aus, um sich die Füße zu vertreten oder seine Blase zu erleichtern. Ich wusste, dass er und seine Frau Janarrapi eine Krise durchmachten. Seit fast drei Jahren versuchten sie vergeblich, schwanger zu werden. Geoff hatte ihr erzählt, dass sie in verschiedenen Kliniken und bei diversen Ärzten gewesen waren, aber nichts schien zu helfen. Beide waren sehr frustriert und traurig. Sie konnte auch unterschwelligen Zorn spüren. Häufig unterbrach er sie und in seiner Stimme lag ein aggressiver Unterton, den sie vor sechs Monaten noch nicht wahrgenommen hatte. Auch Cordelia hatte NLP studiert – bei Carlos Salgado, einem der weltweit besten

Trainer. Aber sie vertraute ihrer eigenen Intuition und ihren Instinkten mehr als unbewusster Körpersprache und nonverbaler Kommunikation. Ich fühle, wie Wut und Frustration aus seinen pechschwarzen Poren strömen.
„Vergiss es, Miss Storm!", sagte sie laut zu sich selbst.
Es lag wahrscheinlich am hohen Stresspegel, der in letzter Zeit in der Abteilung herrschte und an der Tatsache, dass sie noch immer an einem sehr tragischen und schrecklichen Fall arbeiteten: Ein ritueller Serienkiller, dessen Opfer nur junge Frauen zwischen 19 und 25 waren. Seinen Blutrausch hatte er in Sydney begonnen, wo er binnen zwei Wochen zwei Frauen ermordet hatte, danach gab es zwei weitere Opfer in

Melbourne und in Canberra. Er ging dabei immer auf dieselbe Weise vor.

Deshalb vermuteten sie, dass es sich um ein und denselben Täter handelte. Dieser Serienkiller ohne jedwede offensichtlichen oder geheimen sexuellen Fantasien genoss es offenbar, seine Opfer in ritualhaften Posen zu drapieren und war ein Meister darin, keine Spuren an den Tatorten zu hinterlassen, sei es für das Mikroskop oder das bloße Auge.

Ein bösartiges Monster. Und Cordelia war wild entschlossen, ihn zu finden und zur Strecke zu bringen. Vielleicht schneide ich ihm sogar die Eier ab, wenn ich ihn habe, dachte sie. „Scheiße! Schluss mit diesen unnützen, depressiven Storm-Gedanken!", schrie sie erneut. Ihr Glas war leer und sie

selbst war etwas beschwipst. „Zeit für eine etwas erheiterndere Arbeit!"
Sie ging zurück zur Leinwand, stellte sich vor das Bild und begann, sich in ihrer Fantasie auszumalen, wie sie die Leinwand füllen würde. Drei große Gesichter mit jeweils einem anderen Gefühlsausdruck. Die erste Emotion war "Angst", aber nicht die alltägliche Angst, vor der wir davonlaufen, die jeder kennt. Es war eine sehr spezielle Emotion, die Angst als Motivation verkörperte – ein Gefühl, das sie selbst nur allzu gut kannte, eine alte, vertraute Freundin. Es war das Gefühl, das sie bei jedem Fall hatte, an dem sie bislang gearbeitet hatte. Hinter dieser Angst lag eine tief empfundene Leidenschaft, den Fall zu lösen und den Täter so schnell wie möglich festzunehmen. Ein

sehr subtiles, schwaches Licht in der erdrückenden Dunkelheit, das sie immer in die richtige Richtung führte.
Zudem besaß sie ein unheimliches Gespür dafür, die Gedanken und Gefühle der Täter an den Tatorten zu sehen oder zu fühlen. Manchmal konnte sie sogar ihre Gesichter sehen. All das führte bei ihrer Arbeit zu vielen Missverständnissen und zu Unbehagen - vor allem bei ihrem Vorgesetzten, der ihr den Spitznamen „Storm, die Zigeunerin" verpasste.

Sie hielt das Bild des Gesichts vor ihrem geistigen Auge, während sie nach der Zeichenkohle griff, die auf dem kleinen Tisch neben der Staffelei lag. Sofort begann sie, rasend schnell zu zeichnen, fast schon mit unnatürlicher Geschwindigkeit, um die

Umrisse des Gesichts so schnell wie möglich auf die Leinwand zu bringen. Das war ein sehr wichtiger Schritt, da dies das Gerüst der fertigen Arbeit darstellte und es musste von Anfang an sitzen. Sie arbeitete wie unter Hypnose. Sie sah oder spürte nicht länger, dass sie in ihrem Atelier war. Cordy existierte nur noch in einer Welt, einer Welt, die aus einem Stück Zeichenkohle und der Leinwand bestand. Sie hielt für einen kurzen Augenblick inne, trat einen Schritt von der Leinwand zurück und studierte eingehend die Proportionen der Gesichtszüge und die Gesamtproportion des Gesichts auf der Leinwand. Alles muss sich in Harmonie und Einklang mit dem Gesamtwerk befinden. Nur dann würde Angst nicht gefürchtet, sondern als mutiges Kunstwerk bewundert werden. Sie wusste,

dass viele Kritiker ihrer Arbeit die Botschaft nicht verstanden, die sie in die Welt zeichnen wollte. Sie selbst war der Ansicht, dass jedes Gefühl, ob positiv oder negativ, ob Freude oder Traurigkeit, Hoffnung oder Hoffnungslosigkeit, Liebe oder Hass, Heiterkeit oder Zorn, Wesensanteile
eines jeden Menschen waren. Sobald Menschen versuchen, diesen Emotionen zu entgehen, oder sie nicht als Teil ihres Körpers, ihrer Gedankenwelt und ihres spirituellen Wesens akzeptierten, erschaffen sie
eine Welt voller Unsicherheit und Unausgewogenheit. Jedes Gefühl entsteht aus Kreativität und Leidenschaft und muss die Möglichkeit haben, sich zu entwickeln und zu entfalten. Nur dann kann ein Mensch

erkennen, was richtig oder falsch ist, schön oder hässlich, unschuldig oder schuldig.

Sie arbeitete jetzt an den Augen, dem Fenster zur Seele. Nachdem sie die Konturen der Augenlider fertig hatte, skizzierte sie die Iris auf beiden Seiten und vergewisserte sich, dass beide exakt gleich groß waren und die Pupillen sich genau in der Mitte befanden. Das waren nur winzige Details, aber sie halfen Cordy dabei, aus ihren Arbeiten wahre Meisterwerke zu machen. Wenigstens in ihren Augen. Sie lächelte, innerlich und äußerlich, und gab sich ganz ihrem künstlerischen Schaffensprozess hin und genoss es, wie ihre Kreativität von der Hand auf die Leinwand floss. Im Hintergrund spielte das Radio eine ihrer

Lieblingsbands: Metallica, mit *Nothing Else Matters*. Dann hörte sie ein anderes Geräusch, ein Geräusch, das sie in dem Moment überhaupt nicht hören wollte: Das Klingeln ihres Telefons.

„Hi, Mum! Was machst Du gerade? Malst Du oder verdrischst Du gerade Kriminelle?"

„Haha, sehr witzig. Ich male. Ich arbeite gerade an der Leinwand Dreifaltigkeit der Gesichter, von der ich Dir erzählt habe. Alles klar bei Dir?"

„Ja, alles super. Außer, dass ich nächste Woche Nachtschicht habe."

„Na ja, dann gerätst Du wenigstens nicht in Schwierigkeiten, mein Schatz. Oder landest in den warmen Betten unwiderstehlicher Männer."

„Haha, … auch sehr witzig. Sind wir jetzt quitt?"

„Wir sind quitt, Jessie."

„Aber mal im Ernst, Mum. Manchmal arbeitest Du einfach zu viel. Ich meine, niemand arbeitet so viel wie Du, nicht mal Geoff. Und wenn wir schon beim Thema sind, weißt Du schon das Neueste? Juanita, die auf der Dialyse-Station arbeitet, kennt Janarrapi wirklich gut und sie hat mir neulich in der Mittagspause erzählt, dass Janarrapi ernsthaft darüber nachdenkt, Goff zu verlassen. Hat er mit Dir darüber gesprochen? Ihr zwei seid doch so gut befreundet, oder?"

„Vielleicht weiß er noch nichts davon."

„Mum, Geoff ist ausgebildet in NLP. Er kann quasi Gedanken lesen."

„Ich weiß, aber manchmal ist es so, dass, wenn man selbst gefühlsmäßig zu nahe an jemandem dran ist, es schwierig ist, zu spüren, was der andere denkt. Es ist viel einfacher, wenn ein kaltblütiger Killer Dir beim Verhör gegenübersitzt."
„Themawechsel. Kann ich Dich mal was Persönliches fragen?"
„Du bist wirklich meine Tochter, keine Frage."
„Läuft da was zwischen Dir und Geoff? Ihr habt so lange zusammengearbeitet und Ihr versteht Euch wirklich gut."

„Hör mal, Jessie. Erstens ist Geoff immer noch verheiratet. Zweitens ist er einer meiner besten Freunde und Freunde sind viel wichtiger als Liebhaber. Ich will ihn als
Freund nicht verlieren. Und drittens hab ich Dir schon oft genug gesagt, dass ich

überhaupt kein Interesse daran habe, eine Beziehung mit einem Mann anzufangen. Und übrigens auch mit keiner Frau!"
„Okay, okay, ich wollte ja nur mal fragen. Du weißt ja, wie ich bin: immer gerade her aus.
„Nein, Du bist nicht immer gerade heraus. Ich finde eher, dass Du eine ziemlich neu gierige Nase bist. Und ich habe keine Zeit für Small Talk. Wir sehen uns dann nächste Woche, Jessie, mein Schatz. Pass auf Dich auf und bring Deine Patienten nicht um!"
„Mum, Du bist einfach zum Knutschen!" Cordelia lächelte.
„Ich weiß, Liebes. Bis dann!" Sie legte auf und ging zu ihrem Bild zurück.

3. KAPITEL

Joan ging über eine Lichtung, die teilweise mit umgestürzten Kiefern bedeckt war. Sie hatte ihre Schuhe ausgezogen und die Erde unter ihren Füßen war weich und porös. Wenn sie aufblickte, konnte sie den Abendhimmel sehen, der durch die Äste leuchtete. Sie fühlte sich großartig. Endlich hatte sie ein paar Tage frei. Die letzten Monate waren anstrengend gewesen. Sie hatte einen neuen Job als Oberschwester in der Chirurgie des Städtischen Krankenhauses von Canberra angenommen. Es war anstrengend, denn sie hatte lange Schichten und studierte gleichzeitig an der Universität im 4. Semester Medizin

Bald schon konnte sie den Rauch des Lagerfeuers riechen und sie hörte Stimmen. Sie konnte ihre besten Freundinnen reden hören, vermutlich über Männer oder die neueste Ausgabe der Cosmopolitan.

„Hi, Mädels!", rief sie, und ging dem Feuer entgegen. „Habt Ihr Fische gefangen?"

Sie sprangen erschrocken auf. In ihren Augen lag Angst.

„Joan!" Janet klang erleichtert. "Gott sei Dank, Du bist zurück! Wir haben gerade in den Nachrichten auf Carols neuem Transistorradio gehört, dass ein wilder Braunbär sich in der Gegend um Pine Island herumtreibt. Das sind weniger als 5 Meilen von hier."

„Janet!" Sie lachte. „Es gibt keine Bären im Australischen Busch. Geschweige denn Braunbären!

„Ich bin doch nicht blöd!", rief Janet. „Das wissen wir doch! Er gehört zu einem Wanderzirkus bei Kambah Pool und ist aus seinem Käfig ausgebrochen. Himmel! Vielleicht sollten wir das Zelt abbauen und nach Hause zurückfahren?"
„Kommt überhaupt nicht infrage, dass ich mir ein Wochenende weit weg vom Krankenhaus verderben lasse. Außerdem ist Pine Island auf der anderen Seite des Flusses."
„Vielleicht hast Du Recht, Joan", meinte Carol. „Wir waren nur ein bisschen übersensibel, weil wir auf dem Weg etwas auf der anderen Seite der Teebaumhecke gehört haben, aus der Du gerade gekommen bist. Wir dachten, Du wärst der Bär."
Joan setzte sich auf einen Campinghocker zwischen die beiden jungen Frauen.

Die Körperleserin

„Kommt, kochen wir was zum Abendessen, trinken ein paar Bier und haben einfach Spaß. Denkt nicht mehr an den Bären, hier wird uns schon nichts passieren."
Sie legten Holz nach, und sobald die Kohlen fertig waren, warfen sie die Forelle in die Bratpfanne und hängten einen Topf, der halb voll war mit kleinen, saftigen, frischen Kartoffeln, über das Feuer.
Janet prüfte die Kartoffeln mit einer Gabel.
„Meint Ihr, ein Bär kann soweit laufen?"
„Pine Island ist auf der anderen Flussseite!"
„Aber Bären können schwimmen, oder hast Du etwa vergessen, was Du in all den langweiligen Stunden im Naturkundeunterricht in der Schule gelernt hast?"
„Warum kannst Du nicht einfach mal Spaß haben?", wollte Carol wissen. „Du bist

manchmal so negativ." Sie blickte finster drein.

„Warum haltet Ihr beide nicht einfach die Klappe und helft mir, die Kartoffeln aus dem Kessel zu holen? Ich bin am Verhungern!", rief Joan.

Bald schon hatten alle drei Fisch, Kartoffeln und Salat auf dem Teller. Joan ging ins Zelt zurück, um drei Flaschen XXXX-Bier aus der Kühlbox zu holen.

4. KAPITEL

Ich kann sie spüren. Sie sind nur 200 Meter von mir entfernt Oh, sie werden so glücklich sein, wenn sie mich sehen. Sie werden sofort wissen, dass ich gekommen bin, um sie für immer von ihrem Schmerz und ihrer Schuld zu erlösen. Nur dann können sie in das Reich Gottes frei und in Unschuld eintreten. Sehr, sehr lange schon haben sie auf mich gewartet, mich angefleht, zu ihnen zu kommen, wenn sie allein sind, damit ich das geheime Ritual an ihnen vollziehe, das nur ich durchführen kann. Ich kenne sie gut. Ich kenne ihre Art, zu gehen und zu reden. Ich kenne ihren Geruch,

und habe sogar gesehen, wie sie ihre liederlichen Körper unschuldigen Männern aufdrängten. Aber ich bin der heilige Rächer der Menschheit, und heute Nacht habe ich eine Menge Arbeit zu erledigen.
Arbeit, die mir mein Herz bis auf den Grund erwärmt. Ich kann es kaum erwarten, ihre Augen zu sehen, wenn sie mich erkennen. Den magischen Moment zu erleben, wenn ihr Geist dem Körper entweicht und nur eine leere Hülle zurücklässt, die Gott mit himmlischem Licht erfüllen wird.

5. KAPITEL

Er schwebt inmitten der Dunkelheit und wartet. Er wartet und wartet geduldig, oh, so geduldig. Im Hintergrund hört er das sanfte Rauschen des Flusses und das heitere Zirpen der Grillen im Dickicht. Als er auf seine Uhr schaut, steht der Zeiger auf drei. Angeblich ist das laut der biologischen Uhr die Zeit, zu der ein Mensch seine Tiefschlafphase hat. Zeit für eine Überraschung, Zeit für Freude, Zeit für einen Mord.

Lautlos geht er über das stille Gras und seine Fußspuren hinterlassen schwarze, leere Abdrücke im leichten Nachtfrost, der das Gras in einen Teppich aus gespenstischem Weiß verwandelt. Schon bald erreicht er das Zelt und schaut durch den offenen Schlitz. Drei Körper liegen dort, völlig unbeweglich. Alle drei Frauen atmen langsam und tief. Zwei von ihnen schnarchen sogar leise. Er schiebt den kurzen, flexiblen Schlauch durch den schmalen Schlitz, zieht langsam den Reißverschluss der Tür zu und dreht mit Bedacht das Gas auf. Er wartet, gespannt, oh so gespannt. Er wartet 5 weitere Minuten, bis er keine Atemgeräusche mehr hören kann, und öffnet vorsichtig den Reißverschluss zum Zelt.

Er hatte sich bereits entschieden, wen er sofort segnen und wen er mitnehmen würde.

Die Körperleserin

Er greift in seine Tasche und holt das Lederetui heraus, in dem er seine Werkzeuge aufbewahrt. Seine Bewegungen sind präzise und kontrolliert, wie ein Soldat, der darauf trainiert ist, auf dem Schlachtfeld zu kämpfen – ohne darüber nachzudenken und ohne jegliche Emotion. Seine Wahl fällt auf das große, orthopädische Seziermesser. Schließlich waren das auch große Mädchen. Er beugt sich zu der Dunklen auf seiner linken Seite und legt seine Hand sehr behutsam, beinahe schon zärtlich, auf ihre Stirn. Dann drückt er stetig nach unten, damit ihr lieblicher, langer Hals als sich nach oben streckt, bis er die Knorpel sehen kann, die ihre Luftröhre unter der Haut schützen. Das war der wichtigste Augenblick des Heiligen Rituals.

Er wusste, dass sie für einen kurzen, süßen Moment die Augen öffnen und ihm ins Gesicht blicken würde. Exakt in diesem Augenblick musste er ihren Hals mit einer einzigen, flüssigen Bewegung aufschlitzen.
Noch bevor die Fontäne aus leuchtend rotem Blut, das im Mondlicht schwarz schimmert, sich auf den Boden ergießt, schlitzt er der zweiten Frau die Luftröhre auf. Dann widmet er sich der dritten Frau. Rasch spritzt er ihr ein lang anhaltendes Beruhigungsmittel in die Oberarmvene, das er mit Atropin gemischt hat, um dem Effekt des Gases entgegenzuwirken. Und jetzt beginnt die wirklich schöne Arbeit.

Es dauert nicht länger als fünf Minuten, dann blickt er erneut auf sein Meisterwerk, um sicherzustellen, dass er keine Fehler gemacht hat. Er hebt seine wertvolle Beute

Die Körperleserin

hoch, wirft sie über seine linke Schulter, verlässt das Zelt und geht in Richtung Fluss. In der Ferne glaubt er, das Brüllen eines Bären oder Löwen zu vernehmen, aber er beschließt, dass es sich nur um eine akustische Täuschung handeln kann, verursacht durch das Adrenalin, das nahezu ekstatisch durch seine Adern rauscht. Sanft legt er sie im Kanu ab und bindet ihre Hände und Füße an den Holzstreben fest. Er lacht. Schließlich sollte sie nicht gerade jetzt aus dem Boot fallen, nicht wahr? Er stößt das Kanu ins Wasser und paddelt flussabwärts zu der Stelle, wo er seinen Transporter geparkt hat, als die Sonne noch hoch am Himmel stand.

6. KAPITEL

Mit entschlossenen Schritten ging er durch den hellen Korridor bis zu ihrem Büro. Er klopfte an und ging hinein.
„Guten Morgen, Mr. Stilton. Nehmen Sie doch bitte Platz. Möchten Sie eine Tasse Tee oder Kaffee?" Sie war eine stattliche Frau mit stahlgrauem Haar und einem starken Charakter, der keinen Unsinn duldete.
„Nein, danke, Oberschwester." Jonas setzte sich und schenkte der Oberschwester ein gewinnendes Lächeln.
„So, junger Mann. Sie wollen also Krankenpfleger werden, korrekt?"

„Ja, Oberschwester Kelly. Das wollte ich schon immer werden. Schon als Kind habe ich immer gerne die Wunden und Kratzer der anderen Jungen im Heim gesäubert und versorgt. Die haben sie sich meistens beim Raufen oder beim Rugby geholt!"

„Okay, Jonas. Aber Ihnen ist bewusst, dass es sich hier um eine dreijährige Ausbildung handelt, in der man auf den Stationen lernt und unterrichtet wird. Es ist gut, dass Sie zumindest die Schule beendet und einen High-School-Abschluss haben. Eine der Hauptschwierigkeiten, die Ihnen als Pfleger begegnen wird, ist es, dass Sie von Krankenschwestern und weiblichem Personal umgeben sein werden, und viele davon werden sogar Ihre Vorgesetzten sein.

Haben Sie damit irgendein Problem, Mr. Stilton?"

„Nein, Oberschwester, ich komme mit Mädchen wirklich sehr gut zurecht. Mein Vater war Prediger und hat mich gelehrt, wie ich mich Mädchen gegenüber aus christlicher Sicht zu verhalten habe." Jonas lächelte.

„Nun gut, Mr Stilton, dann heiße ich Sie hiermit willkommen in der Krankenpflegeausbildung des Jahrgangs 1968. Ihr Zimmer ist im Ostflügel, direkt unter den Wohnungen der Bewohner. Die Ausbildung beginnt nächsten Montag um Punkt 8. Mr. Tibbits ist der Ausbildungsleiter. Ich glaube, Sie haben ihn letzten Monat beim Informationsabend bereits kennengelernt. Haben Sie sonst noch Fragen?"

Die Körperleserin

„Nein, Oberschwester Kelly. Ich bin wirklich froh, hier zu sein, und werde versuchen, mein Bestes zu geben!" Er lächelte noch einmal, gab der Oberschwester die Hand, und trat aus ihrem Büro in den sonnendurchfluteten Korridor.

Dad wäre stolz auf mich, dachte er bei sich. Jetzt kann ich wirklich vielen Leuten Gutes tun, die krank sind. Das ist eine gute Klinik und ich weiß, dass ich hier eine Menge lernen kann. Nicht nur, was Medizin und Pflege angeht, sondern auch, wie ich meine Mission erfüllen kann. Ich wurde dazu auserkoren, diesen kleinen Teil der Welt zu läutern. Dads Stimme ist immer da und sagt mir genau, was ich tun soll. Wann und wo und sogar wie.

Wie könnte ich jemals dieses erste Mal vergessen, als ich den Kopf dieses hässlichen Mädchens unter Wasser drückte, bis keine Luftblasen mehr aufstiegen? Jenes liebliche, selige Lächeln, das auf ihrem Gesicht lag und Dads Stimme, die mir zuflüsterte,
dass ich mit Gottes Geist gesegnet war. Ein Soldat der Gerechtigkeit.

Aber die nächsten Schritte meines heiligen Kreuzzuges werden nicht einfach sein. Ich muss meinen Platz in der normalen Gesellschaft zwischen Männern und Frauen finden. Ich muss hart arbeiten, um ein guter Pfleger zu werden, mich anpassen und normal sein. Aber das ist nicht immer einfach. Vaters Stimme ist manchmal so laut, dass mir davon der Kopf schmerzt.

7. KAPITEL

Cordelia träumte von ihrem Bild, an dem sie gerade arbeitete. Sie sah sich selbst, wie sie in die Augen des ersten Gesichts hinein- und hinaus-schwebte, auf der Suche nach dem passenden weiß-grauen Farbton, den sie brauchte, um die physische Tiefe der Augenhaut darzustellen. Sie war verzweifelt, schwebte hinein und heraus, links und rechts, rauf und runter, auf der Suche nach dieser einen, schwer fassbaren Farbe, von der sie wusste, dass sie sie nur benutzen konnte, wenn ihre kreative Intuition ihr sagte, dass sie perfekt und über jeden Zweifel erhaben war.

Patti Smith sang Horses. Die Musik wurde lauter und lauter und sie realisierte, dass es der Klingelton ihres Handys war.

Sie tastete nach dem Handy auf ihrem Nachttisch. „Verdammt noch mal, Geoff! Hast Du eine Ahnung, wie spät es ist?!"

„Es ist 4.30 Uhr morgens und wir haben ein neues Vergewaltigungsopfer. Sie wurde vor einer Stunde ins Krankenhaus eingeliefert. Ich stehe gerade neben ihrem Bett und versuche, einen guten Rapport aufzubauen. Aber Pacing ist schwierig, bei einer jungen Frau, die sich selbst in eine völlig andere Dimension gebeamt hat. Ihr Mann wartet in der Cafeteria und ich dachte, es wäre gut, sie jetzt zu befragen, solange die Erinnerung noch frisch ist.

Aber sie will nichts sagen. Kannst Du kommen? Es ist wahrscheinlich besser, wenn eine Frau sie befragt."

In Cordelias Kopf schrillten sämtliche Alarmglocken und übertönten Patties Horses. Auch wenn sie noch nicht völlig wach war, überschlug sich Cordelias Intuition. „Gib mir 20 Minuten. Stell ihr keine Fragen mehr. Sitz einfach bei ihr und halt den Mund. Und unter keinen Umständen darf ihr Mann mit ihr sprechen. Kapiert, Kollege?"

Cordelia blickte auf die Frau, die im Krankenhausbett lag.

Sie starrte aus dem Fenster und blickte auf die frühe Morgensonne, die zaghaft über den Lake Burley Griffin schien. Ihr Gesicht war geschwollen und mit blauen Flecken übersät und ihr Blick war völlig leer. Sie war 24, verheiratet und hatte drei kleine Kinder. Sie lebte in Braddon, einem Bezirk, der berüchtigt war für seine Gangs, eine stark kriminelle Sozialstruktur und häusliche Gewalt.

Cordy stand im Türrahmen und beobachtete die Frau. Nach ein paar Minuten begann sie, intuitiv in exakt demselben Rhythmus zu atmen. Gleichzeitig begann sie, mit der linken Hand zu zucken, so wie es auch die Frau manchmal tat.

Geoff nannte es Pacing, Leading und gutes Kalibrieren, während sie selbst es das gute alte Bauchgefühl und Menschlichkeit nannte. Langsam ging sie zu der Frau hinüber und setzte sich ans Fußende des Bettes, wo sie die Beine der Frau berühren konnte

„Mrs. Brown? Mein Name ist Cordelia Storm. Meine Freunde nennen mich Cordy. Wenn Sie wollen, können Sie mich auch Cordy nennen. Ich weiß, dass Ihnen etwas Furchtbares passiert ist. Sie haben Schmerzen und empfinden Hoffnungslosigkeit und Scham. Aber vor allem spüren Sie Wut."

Behutsam berührte Cordelia das linke Bein der Frau. „Aber zugleich – auch wenn ich weiß, dass es sehr schwierig für Sie ist, gab es Augenblicke in der Vergangenheit, wo Sie genau das Gegenteil von all dem verspürt haben. Damals haben Sie Freude empfunden, Mut und Sicherheit. Ihr Leben war einfach und leicht. Es gab niemanden, der Sie bedroht oder genötigt hat. Sie haben sich frei und lebendig gefühlt." Dieses Mal berührte Cordelia das rechte Bein der Frau.

„Würden Sie mir erzählen, wann immer Sie dazu bereit sind, und mit Ihren eigenen Worten, was genau heute Nacht passiert ist, Mary?"

Mary drehte langsam ihren lädierten Kopf, bis sie Cordelia sehen konnte. „Ich habe draußen ein Geräusch gehört." Sie blickte nach rechts.

Laut NLP erkannte Cordelia, dass sich das Opfer eine Geschichte ausdachte, die nicht wahr war. Hätte sie nach links geschaut, hätte das bedeutet, dass sie nach inneren Bildern von etwas suchte, das tatsächlich in der Vergangenheit passiert war – der Wahrheit.

„Ich ging in den Garten und sah, dass jemand hinter dem Gartenhaus hervorkam. Ich versuchte, umzukehren und zurück ins Haus zu gehen." Die Stimme der Frau klang nun etwas höher und das Zucken ihrer linken Hand war viel stärker. Cordelia sagte nichts. Sie benutzte weiterhin Pacing, und glich ihre Körpersprache dem Atemrhythmus und dem Zucken der linken Hand der Frau an.

„Plötzlich rannte er auf mich zu, hielt mir die Hand vor den Mund, damit ich nicht schreien konnte, und drohte mir, dass wenn ich auch nur einen Mucks von mir gäbe, er meine Kinder eines nach dem anderen umbringen würde."

Cordelia legte ihre Hand auf das linke Bein von Mrs. Brown.

„Dann schlug er zu und ich ging zu Boden. Nach ein paar Minuten kam ich zu mir. Ich blutete zwischen den Beinen und kroch ins Haus. Dort rief ich den Notarzt. Ein paar Minuten später kam mein Mann Jim aus

dem Pub zurück. Er half mir beim Anziehen und brachte mich hierher." Cordelia sprach sehr langsam und veränderte ihre Tonlage. „Noch – einmal – Mary. Lassen - Sie sich - Zeit. Ich möchte, - dass Sie noch einmal - zurückdenken - an diesen entscheidenden Moment, - als er Ihnen drohte, - Ihre Kinder - umzubringen. Stellen Sie sich vor, dass Sie sein - Gesicht - sehen können, auch wenn es dunkel war. Vielleicht erkennen Sie ihn sogar. Könnte es jemand sein, den Sie kennen?"
Mary schloss die Augen und gleichzeitig, genau im richtigen Moment, legte Cordelia ihre Hand auf Marys rechtes Bein. Sie hielt nun beide Beine zugleich.
„Jetzt möchte ich, dass Sie – den Mut haben, - zu wissen – dass Sie hier völlig sicher sind, - und mir sagen können, wer Ihnen

das angetan hat, Mary – weil Sie in Ihrem tiefsten Inneren wissen, - dass Sie in der Vergangenheit mehr als genug Traurigkeit erlebt haben. Für Sie – ist jetzt die Zeit – gekommen, sich zu erheben – und tapfer zu sein." Sie sprach sehr langsam und folgte dem Atemrhythmus der Frau und betonte die Wörter „Mut", „sicher", „sich erheben" und „tapfer". Zugleich drückte sie dabei sanft Marys rechtes Bein.

Als Mary erneut zu sprechen begann, war ihre Stimme tiefer als zuvor. Sie sprach sehr langsam und stieß unter Tränen hervor: „Er hat mich schon vorher oft geschlagen, aber noch nie so brutal, und bis jetzt hat er mich noch nie vergewaltigt. Er war betrunken und hat gestern seinen Job verloren. Er war wie ein Tier, ein wildes, wütendes Tier.

Er hat mir den Pyjama vom Körper gerissen und hat mich immer weiter geschlagen, auf den Kopf, den Mund, die Nase. Ich konnte schon bald nicht mehr atmen. Dann hat er seine Hände zwischen meine
Beine gedrängt. Und dann … und dann … er hat einfach nicht aufgehört. Er hat immer weitergemacht. Es hat so wehgetan. Er hat nicht zugelassen, dass ich den Notarzt rufe, bis ich ihm gesagt habe, dass ich stark blute und schwanger bin. Da hat er Angst bekommen und ich musste schwören, niemandem zu sagen, was wirklich passiert ist. Sonst würde er den Kindern etwas antun. Er macht sich sowieso nichts aus ihnen. Er ist nicht ihr Vater. Ihr Vater starb vor drei Jahren an Krebs."
Cordelia ließ Mary weiter weinen und gab Marys linkes Bein frei, aber hielt das rechte noch eine Weile länger. Sie spürte, da

Die Körperleserin

Marys Körper sich entspannte. Das Zucken ihrer Hand hatte aufgehört, und ihr Atem ging langsamer. Sie atmete jetzt langsamer und tiefer. Cordelia stand auf und ging hinaus auf den Flur. Sie griff nach ihrem Handy, aber ein Pfleger kam auf sie zu und ließ sie wissen, dass sie das Telefon im Klinikgebäude nicht benutzen durfte.
Sie schenkte ihm ein hinreißendes Lächeln und sagte mit verführerischer Stimme: „Fick Dich!"

Er warf ihr einen merkwürdigen Blick zu, und ging weiter den Gang entlang.
„Geoff, ist er noch hier?"
„Ja, er ist gerade auf der Toilette. Peter hat ein Auge auf ihn, falls er versucht, übers Klo abzuhauen. Er hat uns erzählt, wie er Mary vor einem Jahr kennengelernt hat und wie es Liebe auf den ersten Blick war.

Aber die ganze Zeit über hat er sich in Widersprüche verwickelt. Und … ist er der Täter?"

„Ja, sie hat mir gerade alles erzählt. Peter soll auf jeden Fall dabei sein, wenn Du ihn festnimmst. Er schlägt verdammt fest zu."

„Gute Arbeit, Cordy! Ich schulde Dir ein Bier."

„Kauf doch stattdessen einfach eines meiner Bilder. Es wäre ja mal an der Zeit, oder?"

Sie blickte aus dem Fenster auf den Haupteingang, bis sie sehen konnte, wie der Polizist den Mistkerl in Handschellen zum Polizeiwagen brachte.

Dann ging sie die Treppe hinunter, um sich in der Cafeteria zu Peter und Geoff an den Tisch zu setzen.

Peter, ein Beamter, mit dem Cordelia schon oft zuvor gearbeitet hatte, bemerkt anerkennend: „Gute Arbeit, Cordy! Würdest Du mir verraten, wie Du das genau angestellt hast? Ich könnte ein paar gute Tricks brauchen, was Kommunikation angeht."

„Lass mich Deine Frage beantworten", entgegnete Geoff. „Ich muss es ja wissen. Schließlich hab ich ihr alles beigebracht, was sie weiß!"

Cordelia musste lachen und verschüttete ihren Kaffee über den Tisch. „Nur zu, Geoff, dann erzähl uns mal, was ich gemacht habe."

„Zuerst hat sie einen Rapport hergestellt. Du weißt ja, was das heißt: Pacing und Leading, die gleichen Sprachmuster und Körperpositionen benutzen usw. Cordy macht das normalerweise über den Atemrhythmus. Dann hat sie das Opfer in eine leichte

Trance versetzt, das, was Du Hypnose nennen würdest. Das ermöglicht dem Opfer, die bewusste Gedankenebene zu umgehen, und direkt ins Unterbewusstsein vorzudringen, wo nur die Wahrheit und nichts anderes existiert. Das Unterbewusstsein weiß nicht, wie man lügt. Der nächste Schritt war, einen negativen Auslöser zu etablieren, wahrscheinlich das Bein. Danach brauchte sie einen positiven Auslöser, das andere Bein.

Als sie das Opfer dann aufforderte, ihr zu erzählen, was passiert ist, hat sie beide Beine zugleich berührt und dadurch so etwas wie einen Kurzschluss ausgelöst. Das Gehirn wird mit zwei völlig unterschiedlichen Impulsen konfrontiert, einem positiven und einem negativen, Wahrheit und

Lüge, und das gleichzeitig. Es wird verwirrt, aber meistens entscheidet sich der Verstand für das positive Gefühl oder Bewusstsein, es sei denn, der Mensch ist pathologisch instabil. In diesem Fall hat das Opfer genügend Selbstwertgefühl und
Vertrauen benötigt, um die Wahrheit sagen zu können. War das in etwa richtig, Cordy?"

Cordelia lehnte sich in dem Plastikstuhl zurück. „Keine Ahnung, Geoff! Ich hab mich einfach auf mein Gespür verlassen. Was ich allerdings weiß, ist, dass dieser Typ ein verdammter Scheißkerl ist, und ich will ihn lange hinter schwedischen Gardinen sehen. Oh, hast Du Kontakt mit einer Sozialberatungsstelle aufgenommen, Pete? Mary wird eine Menge Unterstützung brauchen."

„Jessica James kommt später. Sie ist gerade zu Hause bei Mrs. Brown. Sie will die Kinder in das Heim in Ainslie bringen."
Cordelia wandte sich um zu Geoff, der in seinen lauwarmen Kaffee starrte.
„Geh doch nach Hause. Schlaf ein paar Stunden. Wir können uns später im Büro treffen. Um 10 haben wir eine Besprechung mit den Einsatzkräften."
„Ja, stimmt, Cordy. Danke noch mal, dass Du gekommen bist und mir geholfen hast. Ich wusste, dass Du es hinkriegen würdest. Das hast Du einfach toll gemacht!"
„Mach mal halblang, Geoff. Und jetzt beweg deinen dicken Hintern mal zu Deiner Frau, sonst ruft sie mich noch an und will wissen, wo Du steckst."
Sie verließen die mittlerweile leere Krankenhaus-Cafeteria und gingen nach draußen auf den Parkplatz.

Die Körperleserin

Cordelia setzte ihren Helm auf und ging zu ihrer nachtschwarzen Triumph Speed Triple und brauste auf die Hauptstraße.
Auf der Wentworth Avenue erreichte sie knappe 120 km/h und genoss das Gefühl von Freiheit und Geschwindigkeit.
Zwischen ihren Beinen spürte sie die animalische Wärme des Motors ihrer
Triumph und die feinen Vibrationen entspannten ihren Körper. Selbst wenn ihr vor Erschöpfung die Augen zufielen, steigerte das noch die Leidenschaft, die sie verspürte, als sie über die einsame Straße preschte.

Innerhalb von zehn Minuten bog sie in ihre Einfahrt ab, die eigentlich nur ein Feldweg mit schmierigen Ölspuren war, der in einem großen, gepflasterten Bereich endete.

Auf beiden Seiten befanden sich lang gezogene Hütten mit Dächern aus gewelltem Plexiglas, deren Wände hauptsächlich aus Glas bestanden. Gegenüber den Hütten lag ein kleines, zweistöckiges Backsteingebäude mit einer Treppe aus Stahl, die aufs Dach führte. Sie lebte im Backsteingebäude und arbeitete in den Hütten. Sie öffnete die Türe zu einer der Hütten und schob ihr Motorrad hinein. Als sie zum Haus ging, erwog sie für einen Moment, in ihr Atelier zu gehen. Sie war müde und schöpfte durchs Malen immer neue Kraft. Aber sie beschloss, sich aufs Ohr zu legen.

Als sie die Tür öffnete, sprangen zwei, knurrende, schwarze Tiere an ihr hoch. Sie sagte nur ein Wort: „Frei", und die fast völlig schwarzen Australischen Schäferhunde blieben wie angewurzelt stehen, und leckten ihr sanft die Hände zur Begrüßung.

„Na, Jungs, wie geht es Euch? Habt ihr mich vermisst?"

Sie gab ihnen Futter, schenkte sich einen Whiskey auf Eis ein und ging danach schnurstracks zu ihrem Schlafzimmer obere Stockwerk.

8. KAPITEL

Die ersten Sonnenstrahlen fielen in ihr Schlafzimmer, als das Telefon klingelte.
„Noch eine Vergewaltigung?"
„Nein", antwortete Geoff. „Ein Doppelmord und eine Entführung. Sieht so aus, als hätte der Serienkiller wieder zugeschlagen. Verdammte Scheiße!"
„Himmel! Wo?"
„Pine Island Reservat. Soll ich Dich abholen?"
Cordelia zögerte nicht eine Sekunde. „Ja!"
Sie ging in die Küche hinunter, machte sich Kaffee, nahm ihn mit ins Bad, und stieg unter die Dusche. Als sie sich anzog, ging sie in Gedanken noch einmal die

Informationen durch, die sie in diesem Fall hatte. Der Killer benutzte immer ein Skalpell oder ein rasierklingenscharfes Orthopädiemesser. Anscheinend hatte er eine medizinische oder chirurgische Ausbildung. Seine Motivation war nicht sexueller Natur. Er ritzte immer ein primitives Kreuz auf die Stirn seiner Opfer und drapierte die Leichen in einer Position, die der von Jesus am Kreuz glich. Er war extrem vorsichtig und bislang war es keinem der Gerichtsmediziner oder der Staatspolizei gelungen, irgendeine physische Spur sicherzustellen. Kein Haar, keine Fingerabdrücke, keine DNA, keine Hautpartikel, rein gar nichts.

Sie knöpfte ihr schwarzes Jeanshemd zu, aß eine Schüssel Frühstücks-Crunchies und trank ihren Kaffee aus.

Geoff klopfte an die Tür und trat ein, gefolgt von Route und Sixty-six, die seine Hand leckten.

„Wenn wir schon über Bruderliebe reden … Wie machst Du das eigentlich, Geoff? Wenn das die Hand von irgendjemand anderem wäre, wäre sie schon längst nicht mehr am Arm dran!"

„Weiß nicht, Cordy. Vielleicht, weil wir die gleiche Hautfarbe haben."

Sie lächelte und gab ihm einen freundschaftlichen Klaps auf die Schulter, als sie zum Auto gingen.

9. KAPITEL

Wir parkten den Wagen im Picknickbereich von Pine Island und gingen zu der Menschengruppe, die sich am Schauplatz des Verbrechens versammelt hatte. Das Absperrband der Polizei, welches das Zelt abriegelte, flatterte im Wind. Ich ging langsam, sah mich um und nahm alle Sinneseindrücke in mich auf; was ich sah, hörte und fühlte. Ich konnte nicht anders, als diese vertraute Mischung aus nackter Angst, Grauen und Traurigkeit wahrzunehmen, die ich an fast jedem Tatort spüren konnte. Aber dieses Mal war etwas anders. Ich spürte die Gegenwart von etwas Bösem, etwas Wahnsinnigem und blieb wie angewurzelt stehen.

„Was ist los, Cordy?" fragte Geoff alarmiert.

„Alles okay, Geoff. Ich brauche nur einen Augenblick." Ich nahm ein paar tiefe Atemzüge.

Meine dunkle Vorahnung verflüchtigte sich, als wir uns dem Tatort näherten. Der Arzt war schon da und stand neben dem Zelt. Ich kannte Peter Forrester, den Leiter des Australian Capital Territory Morddezernats, seit 15 Jahren.

Seine Hände zitterten. Das hatte ich noch nie gesehen.

Er sprach leise, als ob er fürchtete, dass jemand ihn heimlich belauschen könnte. „Die Opfer sind zwei junge Frauen. Beide waren erst 25", sagte er.

„Sie waren beide Krankenschwestern im Canberra Hospital. Er hat ihnen die Kehle durchgeschnitten, während sie geschlafen haben. Zumindest sieht es danach aus. Nichts deutet auf einen Kampf hin. Die Mordwaffe war ein sehr scharfes Messer oder ein Skalpell. Nach der Obduktion kann ich mehr darüber sagen."
Ich betrachtete seine Hände, die in blutverschmierten Handschuhen steckten. Sie zitterten immer noch.
„Da drinnen sieht es wirklich schrecklich aus, Cordy. Ich habe so etwas noch nie vorher gesehen. Wer auch immer das getan hat, ist völlig jenseits von Gut und Böse."
Er rief nach seinem Assistenten, damit er die Leichensäcke brachte.

Langsam stieg ich in einen der weißen Papier-Overalls, den mir jemand gegeben hatte, zog die Überzieher aus Plastik über meine Blundstone-Stiefeletten und streifte mir Latexhandschuhe über. Ich hatte immer noch getrocknete krapprote Acrylfarbe aus dem Studio an meinen Händen.

„Bleib hier, Geoff! Ich will erst mal allein reingehen. Ich rufe Dich dann, okay?" Geoff nickte. Er war aschfahl.

Ich zog die Zelttür nach oben und betrat den beengten Raum. Dann kniete ich mich hin und schloss die Augen. Das mache ich immer so bei einem Fall. Ich ließ mein geistiges Auge wandern, wie schwarzer Nebel, der nach Vibrationen oder Wellen des Bösen Ausschau hielt, die ich nur allzu gut kannte. Wenn ich das tat, fühlte ich mich manchmal, als wäre ich einer der riesigen

Die Körperleserin

Tasmanischen Seekrebse, die ihre unglaublich langen Fühler durch den Ozean gleiten lassen, um Nahrung aufzuspüren. Ich konnte ihn spüren. Ich wusste, ohne den geringsten Zweifel, dass der Täter ein Mann war. Ich konnte spüren, wie sein Schatten sich sehr langsam bewegte. Ich spürte seinen Hass, das Böse in ihm und seine Entschlossenheit. Ich öffnete die Augen. Die Köpfe der beiden Frauen waren fast völlig vom Rumpf abgetrennt. Ich konnte die nackte, weiße Wirbelsäule sehen, die durch das jetzt dunkle, beinahe schwarze Blut und Fleisch ragte. Die Zeltwände waren mit Blut bedeckt und der Boden war klebrig und immer noch feucht. Ich holte tief Luft und versetzte mich in einen Zustand mentaler Observierung, den

NLP-Praktizierende die zweite Position nennen. Dort war ich völlig von meinen Gefühlen losgelöst. Die Arme der Opfer waren zur Seite hin ausgestreckt und ihre Füße waren mit etwas zusammengebunden, das wie Stacheldraht aussah. Der Mörder hatte ein grobschlächtiges Kreuz in die Stirn bei der Opfer geritzt. Die Frauen waren in ihren Schlafanzügen, deren Knöpfe alle geschlossen waren. Soweit ich es sehen konnte, waren keinerlei Anzeichen sexueller Gewalt zu erkennen.

Ich sah, dass die Muster der Blutspritzer auf der linken Körperseite länger waren. Das deutete daraufhin, dass Der Täter Rechtshänder war. Ich warf einen Blick auf den leeren Schlafsack und schwor mir, dass ich die vermisste Frau zurückbringen würde. Ich hatte genug gesehen, mehr a

genug. Erneut schloss ich die Augen und nahm die unterschwellige Spur der Gewalt in mich auf, ließ sie durch mich hindurchströmen und einen Teil von mir werden. Ich filterte die beiden Schatten heraus. Der erste war der Schatten des Täters: bösartig, voller Gewalt und Hass. Ich legte ihn in eine Ecke meines Verstandes ab. Der zweite war der Schatten der beiden Opfer: Furcht, Schrecken und Todesangst.
Ihn brachte ich in einem Winkel meines Herzens unter.

„Okay, Geoff. Du kannst jetzt reinkommen."
Geoff kroch hinein. „Himmel, Cordy! Das ist ein verdammtes Massaker. Es ist einfach furchtbar!" Er musste würgen.

„Kotz hier ja nicht rum! Sonst kontaminierst Du noch die Beweise für die Gerichtsmediziner!"
Geoff atmete tief ein, wurde ruhiger und schaute sich im Zelt um. Ich konnte nahezu sehen, wie er Informationen in sich aufnahm, so wie ein Computer, der mit Daten gefüttert wird. Wortlos starrte er auf jeden Zentimeter des blutbespritzten Zelts und die beiden toten Frauen. Das war einer der Gründe, warum ich gerne mit Geoff zusammenarbeitete. Er war nicht nur gründlich, er war pedantisch.
Und das hatte uns in der Vergangenheit geholfen, jede Menge Fälle zu lösen. Es dauerte etwa 5 Minuten, dann warf er mir einen Blick aus blutunterlaufenen Augen zu, die widerspenstige Tränen herauspressten.

Die Körperleserin

„Wir müssen diesen verfluchten Scheißkerl kriegen, Cordy!"
Wir krochen aus dem Zelt. Gerade als wir rauskamen, kam Dave auf uns zu. „Sieht so aus, als hätte er das überlebende Mädchen flussabwärts getragen. Wir haben Fußabdrücke gefunden, aber er hat Überschuhe aus Gummi getragen.

Oder Plastikschuhe, wie sie Gerichtsmediziner benutzen. Auf jeden Fall haben wir keine Fußabdrücke. Wir wissen nur, dass er Schuhgröße 43,5 hat. Er ist dann in einem Kanu oder Kajak flussabwärts gepaddelt. Wir haben die Stelle gefunden, an der er sein Kanu ans Ufer gezogen hat. Dort drüben, bei den Teebäumen. Aber wir haben noch nicht herausgefunden, wo er flussabwärts an Land gegangen ist. Meine Leute suchen die Gegend noch ab.

„Danke, Dave!" Ich nickte. Auch über seinen Augen lag ein Tränenschleier. Dave war ein guter Detective und wenn irgendjemand in der Lage war, diese Stelle zu finden, dann waren das Dave und seine Männer. Geoff und ich gingen zu den Tischen, welche die Gerichtsmediziner beim Parkplatz aufgestellt hatten.

„Und, was gibt es, Sergeant?", fragte Geoff das 15-jährige Flittchen, das hinter dem Tisch stand. Sie trug einen Minirock, der ihren Po gerade mal so bedeckte, und ein tief ausgeschnittenes Tanktop, das ihre Brüste kaum im Zaum zu halten vermochte.

Ich verfluchte mich selbst, weil ich solchen negativen Gedanken hatte, aber es entging mir eben auch nicht, dass diese neuen Star-Experten der Gerichtsmedizin mit jedem Tag jünger und sexier wurden. Und ich wurde nur älter. Aber wenigstens war ich immer noch sexy.

„Hi, Geoff, Detective Storm", gab sie zurück.

Ich nickte ihr abwesend zu. Geoff schüttelte ihr lange und überschwänglich die Hand. Ich trat ihm gegen das Schienbein. Sergeant Brennan zeigte auf den Tisch.

„Zuerst die schlechten Nachrichten. Wir haben keine Fingerabdrücke, Haare, Hautpartikel, Samen oder andere Flüssigkeiten. Rein gar nichts! Aber was wir haben, sind Fußabdrücke, wie Sie wohl schon wissen, und das hier." Sie zeigte uns einen kleinen, schwarzen Dichtungsring aus Gummi. "Der lag vor dem Zelt. Er ist noch sauber und fast neu."

„Woher könnte er stammen, Gail?" fragte Geoff.

Himmel! Er kennt sogar ihren Vornamen!

„Kann fast alles sein. Ein Dichtungsring verhindert, dass Wasser, Flüssigkeiten oder Gas aus einem Behälter austreten. Der hier ist ziemlich dick, deshalb vermute ich komprimiertes Gas."

Geoff bedankte sich bei ihr. Ich ignorierte sie. Wir gingen zu Peter zurück, der seine Assistenten beaufsichtigte und sicherstellte, dass die Hände der Frauen in Plastiktüten eingewickelt wurden, damit auch ja kein kostbarer Beweis wie Hautpartikel, die von einem Kampf stammen konnten, verlorengingen. Außerdem sorgte er dafür, dass die Schlafsäcke und alle anderen Habseligkeiten der Opfer einschließlich des Zeltes ebenfalls in Plastikbehältern verstaut wurden. Die Leichen wurden sorgfältig in Leichensäcken versiegelt und in den Wagen des Leichenbeschauers geladen.

„Verfluchter Scheißkerl", stieß Peter hervor.

„Bist Du sicher, dass es nur ein Täter ist?"

„Schwer zu sagen. Es gibt nur ein Paar Fußspuren, die zum Zelt und dann wieder zurück zum Fluss führen. Aber zwei starke, junge Frauen wurden ermordet und eine andere Frau sah tatenlos dabei zu? Das kann nicht sein. Es gibt auch keine Kampfspuren. Es ist verwirrend. Jedenfalls werde ich, sobald ich die Opfer auf dem Obduktionstisch habe, alles tun, was in meiner Macht steht, um denjenigen, der das zu verantworten hat, hinter Schloss und Riegel zu bringen. Storm, ich gebe Dir mein Wort!"

Ray Wilkins

Er setzte seinen Akubra-Hut mit dem hellroten Hutband auf und verließ den Ort des Geschehens ohne ein weiteres Wort.

Geoff folgte mir zurück zum Auto. „Dieser Typ ist ein verdammtes Monster. Was da drin passiert ist, ist unmenschlich."

„Es ist menschlich, Geoff. Ein Mensch hat das getan. Und wenn wir ihn nicht kriegen, wird er einfach weitermachen."

10. KAPITEL

Das Besprechungszimmer war überfüllt. Die Pinnwände waren bereits voll mit Informationen, Fotos und Dokumenten. Anspannung und Resignation lagen in der Luft.

Cordelia ging vor zum Rednerpult. „Hallo zusammen. Schön, Euch alle zu sehen. Wer mich kennt, weiß, dass ich nicht gerne rede, vor allem nicht vor versammelter Mannschaft. Deshalb werde ich mich kurz fassen. Ihr habt alle die Akten und aktuellen Infos. Die Verbindungsbeamten sind eingeschaltet und jeder weiß, was er zu tun hat. Ich möchte nur eines sagen: Es ist mir egal, wie wir es anstellen, und welche

Mittel dazu nötig sind. Unser Ziel ist es, diesen Kerl an den Eiern aufzuhängen, bis er verreckt."

Alle stimmten lauthals zu und die gedrückte Stimmung besserte sich schlagartig. Nur Einer sah nicht so glücklich aus. Cordelias direkter Vorgesetzter, Oberinspektor James Cavanagh Richards III. Als sie das Pult verließ, knurrte er: „Ich möchte Sie in meinem Büro sehen."

„Unmöglich, Jimmy. Ich habe jede Menge Arbeit zu erledigen. Ich komme vorbei, wenn ich Pause habe."

Er wandte sich ab und stapfte zurück in sein Büro.

„Cordy, Du kannst nicht so mit ihm reden. Er ist unser Boss." Geoff legte ihr die Hand auf die Schulter.

„Erinnerst Du Dich noch daran, was George Clooney in diesem
Kriegsfilm „Three Kings" gesagt hat? Darüber, was das Wichtigste im Leben ist?", fragte sie.
"Immer das zu tun, von dem Du das Gefühl hast, dass es notwendig ist, egal, was es ist, in dem Moment, wenn es nötig ist, ohne zu Zögern oder an die Konsequenzen zu denken.", gab er zurück.
„Richtig, Geoff. Und ich habe das gerade gebraucht, deshalb habe ich es gesagt."
„Habt Ihr mal eine Minute Zeit für mich?", fragte eine sanfte, seidige Stimme.

Sue Monahan war aus Sydney gekommen und in Cordelias Augen war sie eine der besten Ermittlungsbeamten in ganz Australien und zudem noch die Hübscheste von allen.

„Sicher", sagte Cordelia. „Was gibt es?"

„Es ist ziemlich klar, dass der Modus Operandi mit den anderen Serienmorden identisch ist. Aber es gibt zwei Unterschiede: Dieses Mal hat er eine Geisel genommen und es war das erste Mal, dass er sich Opfer ausgesucht hat, die in einer Klinik arbeiten. Es wäre logisch, dass, wenn er selbst in einer Klinik arbeitet oder gearbeitet hat, es nicht sehr klug wäre, sich Opfer auszusuchen, die dort arbeiten, wo er auch arbeitet. Ich habe gerade mit Doktor Carsten Ritschl gesprochen, dem deutschen Profiler aus Berlin. Wir kennen uns schon lange und er glaubt, dass der Täter einknickt. Er nimmt Risiken auf sich, weil der psychologische Antrieb immer stärker wird. Carsten meint, dass der Killer außer Kontrolle sein könnte."

„Klingt einleuchtend, Sue. Schreib es auf die Pinnwand. Ich habe schon von Carsten gehört, ihn aber noch nie getroffen. Halten wir ihn auf dem Laufenden. Wir könnten ihn noch brauchen."

„Kein Problem, Storm. Da kommt er gerade."

Ritschl war fast zwei Meter groß und gut aussehend. Er hatte helles Haar und einen dieser hippen Kinnbärte. Er hatte auch die blauesten Augen, die Cordelia jemals gesehen hatte.

„Schön, Sie kennenzulernen, Detective Storm. Sue hat mir schon eine Menge von Ihnen erzählt. Es ist eigentlich ein Zufall,

dass ich hier bin. Ich nehme hier in Australien gerade an einer internationalen Konferenz für Fallanalytiker teil. Sue hat mich heute Früh angerufen. Da die Konferenz vorbei ist, habe ich mich gleich in den nächsten Flieger gesetzt."
Sie gaben sich die Hand.
„Nennen Sie mich einfach Storm, so wie jeder andere hier auch. Das ist mein Partner, Geoff Gullamalu."
Geoff gab Ritschl nicht die Hand, er nickte nur kurz. „Wie lange können Sie bleiben, Dr. Ritschl?"
„Nennen Sie mich doch Carsten. Ich habe gerade mit Ihrem Oberinspektor gesprochen. Er hat eine Abmachung mit der Berliner Polizei getroffen, die es mir ermöglicht, offiziell mit Ihnen an diesem Fall zusammenzuarbeiten. Ich kann also so lange bleiben, wie Sie mich brauchen."

Cordelia lächelte. Geoff blickte finster drein.

Sue fasste Carsten am Ärmel. „Ich muss ihn noch den anderen vorstellen. Bis später, Leute."

Ritschl wandte sich um. „Ich freue mich auf die Zusammenarbeit mit Ihnen
beiden. Aber ich würde Sie lieber Cordy nennen, wenn es Ihnen nichts ausmacht." Er nickte Cordelia zu. „Storm ist ein bisschen zu unpersönlich, wenn Sie verstehen, was ich meine." Er sagte es mit einem Lächeln.

Cordelia wartete, bis sie außer Hörweite waren. „Was zum Teufel ist los mit Dir, Geoff? Du warst verdammt unfreundlich zu diesem Mann."

„Ich hab nur das getan, was George mir gesagt hat."

Cordelia starrte ihn perplex an.

„Hallo zusammen!" Alle verstummten, als Peter Forrester zum Mikrophon ging. „Ich habe gerade die vorläufige Obduktion abgeschlossen und dachte, dass alle daran interessiert wären, was ich bisher rausgefunden habe. Wie es bereits am Tatort ersichtlich war, war die Todesursache bei beiden Frauen ein exzessiver Einschnitt in Luftröhre und Speiseröhre. Das verwendete Werkzeug war zweifellos ein orthopädisches Skalpell Nr. 6, so ähnlich wie das hier." Er hielt ein großes Skalpell hoch. Der Griff war mindestens 20 cm lang und hatte eine lange, grimmige Klinge am Ende.

„Der Täter war aller Wahrscheinlichkeit nach männlich, kräftig und Rechtshänder. Auf der Stirn der Opfer befand sich eine große Schramme, die daher stammen könnte, dass sie mit der Hand gewaltsam nach unten gedrückt wurden. Es existieren keinerlei offensichtliche Spuren eines Kampfes.

Das hat mich sehr stutzig gemacht, bis dann die Ergebnisse des Bluttests eintrafen. Beide Frauen hatten eine hohe Konzentration Alkohol im Blut sowie Spuren

von Sevofluran das als Betäubungsmittel eigesetzt wird. Ich vermute, er hat das Zelt mit Gas geflutet. Dadurch haben alle drei Frauen binnen kurzer Zeit das Bewusstsein verloren. Es gibt keinerlei Spuren, die auf ein Sexualverbrechen hindeuten. Ich denke, das wird den Familien der Toten wenigstens ein schwacher Trost sein. Bis jetzt habe ich keinerlei Rückstände von Haaren oder irgendwelche anderen

Beweise weder mikroskopisch noch makroskopisch gefunden, die vom Mörder stammen könnten. Er muss nicht nur OP-Handschuhe getragen haben, sondern auch eine Art engen Overall, wahrscheinlich aus Papier – so ähnlich wie die Overalls, die unser Gerichtsmediziner-Team immer trägt. Die einzige andere Wunde, welche die Opfer erlitten haben, ist das Kreuzzeichen, das in die Stirn eingeritzt war. Auch mit einem Skalpell, aber kleiner als die Tatwaffe. Okay, Leute, das ist alles, was ich habe. Das ist nur ein vorläufiger Bericht, es werden noch mehr Informationen folgen. Danke fürs Zuhören. Und jetzt los, schnappen wir uns diesen Mistkerl!"

11. KAPITEL

Als Joan die Augen öffnete, war es stockdunkel. Das Einzige, was sie hörte, war das leise Krabbeln einer Ratte, einer Maus oder von etwas Schlimmerem, das über den Boden huschte. Vermutlich war es ein Boden aus Beton. Sie fühlte sich schrecklich. Ihr tat der Kopf weh, und beim Einatmen verspürte sie einen messerscharfen Schmerz im linken Lungenflügel. Sie lag auf einem Feldbett. Es stank erbärmlich. Sie versuchte, sich aufzusetzen und war dankbar, dass ihre Hände und Füße nicht an die Liege gefesselt waren. Zaghaft berührte sie mit bloßen Füßen den Boden. Sie hatte richtig vermutet. Der Boden war harter, kalter, unnachgiebiger Zement. Langsam richtete sie sich auf. Ihr war schwindlig und übel, aber sie ging durch den Raum und achtete vorsichtig darauf, wohin sie ihre Füße setzte. Sie konnte immer noch die huschende Kreatur spüren, die sie zuvor gehört hatte, und die noch immer mit ihr im Raum war, die irgendwo saß, wartete und sie beobachte.

Sie schritt die Entfernung zwischen den Wänden ab, 10 Schritte lang und 6 Schritte breit. Am Ende der einen Wand stieß sie auf einen Eimer und eine Rolle Toilettenpapier. Das Einzige, woran sie sich noch erinnern konnte, war, dass sie in ihren Schlafsack gekrochen und im Zelt eingeschlafen war. Alle drei hatten sie eine Menge Bier

getrunken, so dass ihr Schlaf fast schon einer Bewusstlosigkeit glich. Dann erinnerte sie sich daran,
dass jemand eine Kanüle in ihren Arm einführte und sie aus dem Zelt geschleppt wurde. An alles andere, was danach kam, konnte sie sich nur noch bruchstückhaft erinnern. Sie erinnerte sich an eine schaukelnde Bewegung, so als wäre sie in einem Auto oder vielleicht auch einem Flugzeug gewesen. Sie erinnerte sich an das Geräusch eines Motors, aber sonst an nichts weiter. Dann kam ihr plötzlich etwas anderes in den Sinn. Erschrocken fasste sie zwischen ihre Beine. Zu ihrer Erleichterung stellte sie fest, dass sie weder Schmerz verspürte noch eine wunde Stelle vorfand. Ihre Augen hatten sich nun völlig an die Dunkelheit gewöhnt. Sie konnte nun in etwa die Umrisse des Feldbettes auf der

anderen Seite ausmachen. Sie stolperte hinüber und setzte sich an den Bettrand. Hinter dem Fußende des stinkenden Bettes fand sie zwei volle Flaschen Evian und eine Packung mit Digestive-Keksen. Sie war sehr hungrig und durstig, und als sie aß und trank, verspürte sie Erleichterung. Der Kidnapper wollte sie wohl lebendig, sonst gäbe es kein Essen oder Wasser in der Zelle. Binnen weniger Minuten schlief sie wieder ein, gerade als sie sich fragte, wo ihre beiden Freundinnen waren. Im Hinterkopf hörte sie eine sanfte, betörende Stimme, die ihren Namen von sehr weit her rief.

12. KAPITEL

Cordelia schloss die Autotür und winkte Geoff zum Abschied zu. Wenn ich es nicht besser wüsste, würde ich meinen, er ist eifersüchtig, dachte sie.

Sie musste wieder einen klaren Kopf bekommen und wollte noch nach den Hunden sehen, bevor sie ein paar Runden drehte. Vor ihrer Haustür lag die Canberra Times. Der Doppelmord war in den Schlagzeilen. Cordelia blätterte, bis sie den Bericht über den entlaufenen Bären fand. Dann wusste sie, was sie tun musste, um wieder einen klaren Kopf zu bekommen.

Sie fuhr schnell, wechselte die Spur und überholte die wenigen Autos auf der Straße nach Pine Island. Sie nahm die nächste Abzweigung nach Kambah Pool und bremste neben dem regenbogenfarbenen Zirkuswagen, den sie nur allzu gut kannte.
„Josef? Josef, komm raus, Du ungarischer Mistkerl. Ich bin`s, Storm!" Sie zog ihr schweres Bike auf den Ständer.
Josef war ein großer, drahtiger Kerl mit einem pechschwarzen, herunterhängenden Schnurrbart und langem Haar, das er immer zu einem Pferdeschwanz gebunden hatte. Er trug Reiterhosen, Reitstiefel aus Leder, ein rotes Seidenhemd, eine schrille, bestickte Weste und er stolzierte die hölzernen Stufen seines Wagens breitbeinig wie ein Cowboy hinunter.

Die Körperleserin

„Mein Gott, Josef! Wie kannst Du nur so rumlaufen? Du siehst aus, als wärest Du einem uralten Modemagazin für Schwule entsprungen!"
„Storm, mein Darlink! Scheen siehst Du aus – wie immer. Was willste? Hab ich Gesetz wieder gebrochen?"
„Wenn ich Dich für all die Gesetze, die Du in den letzten 25 Jahren gebrochen hast, ins Haftregister eintragen würde, würdest Du den Rest Deines Lebens hinter Gittern verbringen!" Sie lachte.
Er roch nach Pferd, ungarischem Tabak und billigem Whiskey. Cordelia kannte ihn, seit sie 20 war. Sie hatte sich in ihn verliebt und hatte eine stürmische Beziehung mit ihm, bis sie herausfand, dass er nicht nur eine, sondern etliche Freundinnen

hatte, die in verschiedenen Städten rings um New South Wales verstreut waren. Er und sein Vater, der kürzlich verstorben war, hatten einen kleinen Zirkus. Josef war Bärenbändiger, Ponydompteur und der einzige Clown in Personalunion. Außerdem war er ein Experte, wenn es darum ging, andere auf der Bühne zu hypnotisieren und er beherrschte Telepathie. Er war ein Zigeuner und einer der besten Freunde, die Cordelia hatte.

Sie setzten sich zusammen auf die Stufen des Wagens und betrachteten die Ponys, Emus, Hunde und eine mit Flohbissen übersäte, zottige Giraffe, die am Gras kaute. „Es geht um Deinen Bären, Jo. Ich will ihn finden!"

„Wundervoll, Storm! Er ist ein würdevoller Bär, ein bisschen alt, so wie ich, aber sehr intelligent."

„So wie Du, hm?"

„Oh, meine liebär Storm. Du hast Dich net verändert. Immer noch so scharf wie ein Tigerzahn! Das Probläm is, Darlink, dass Bär ist vielleicht krank. Der dumme Junge hat ihm schlächtes Fleisch gegäben, vor zwei Tagen. Där Bär hatte großen Schmärz und hat zerbrochen Kätte. Ist geschwommen übär Fluss. Meine Männer ihn gesucht haben. Die Bullen auch. Aber kein Glück gehabt."

„Ich glaube, ich weiß vielleicht, wo er ist. Willst Du mit mir auf Bärenjagd gehen?"

„Zuärst trinken wir einen, Darlink. Haben uns lange nicht gesähn. Dann gähen wir auf Jagd."

Ray Wilkins

Er ging die Treppe zum Wagen hoch und kam mit einer Flasche russischem Wodka und zwei schmutzigen Gläsern zurück.
„Auf uns, Storm! Auf dass wir ewig leben!"
„Hast Deinen Akzent verloren, Jo. Aufpassen!"
Sie lachten und tranken einen großen Schluck. Jo ging noch mal in den Wagen zurück, um sein Betäubungsgewehr und eine Ampulle mit Betäubungsmittel zu holen. Außerdem einen Sturzhelm, den er nur benutzte, wenn Cordelia ihn besuchte. Er kletterte hinter Cordelia auf das Motorrad und sie fuhren zurück auf die Straße.

Seine Hand streifte ihre Brust und sie haute ihm auf die Finger. „Wag das ja nicht noch einmal, sonst landet Dein Arsch bei

150km/h auf der Straße!" Sie fuhren Richtung Fluss. Cordelia wollte zuerst die Stelle finden, wo der Bär auf der anderen Flussseite aus dem Wasser gekommen war. Sie durchquerten den Fluss an einer seichten Furt und Wasser spritzte auf ihre Jeans. Bald schon fanden sie die Stelle, an welcher der Bär ans Ufer geklettert war und sie folgten seiner

Spur in den mit Sonnenlicht erfüllten Wald. Cordelia gab Jo ein Zeichen, stehen zu bleiben und leise zu sein. Sie beugte sich zum Boden runter. Zusammengekauert wartete sie darauf, dass vor ihrem inneren Auge Bilder auftauchten. Sie musste nicht lange warten.

„Wir müssen zurück zum Motorrad. Es ist genauso, wie ich es mir gedacht habe. Er bewegt sich Richtung Cotter Reserve."

Sie stiegen auf die Triumph und brausten auf dem Pfad zurück, der zur Hauptstraße führte. Cotter Reserve war nur zehn Meilen entfernt und Cordelia legte die Strecke in Rekordzeit zurück. Sie fuhr auf dem schmalen Weg, der dem seichten Flussbett folgte, das eigentlich der Abfluss des Cotter Dam war.

„Festhalten, Jo, das wird etwas holprig!", rief sie ihm zu.

Der Pfad wand sich nun hügelaufwärts dem großen Damm entgegen, der über 4,000 Millionen Liter Wasser hielt. Allmählich wurde es schwierig, auf dem Pfad zu fahren. Cordelia fuhr schneller. Sie lächelte unter ihrem Helm. Sie wusste, dass sie jetzt auf der richtigen Spur war. Sie bremste an der Stelle, wo die Betonstufen nach oben auf den Damm führten. Sie kannte die Gegend gut. Sie kam hier oft zum Wandern her, wenn sie einen ihrer seltenen freien Tage hatte.

„Auf halbem Weg liegt eine große Höhle, und ich bin mir ziemlich sicher, dass er sich dort drinnen versteckt!" Sie zeigte nach oben zum Plateau des Damms.
Sie rannten die Stufen hinauf. Jo lud das Betäubungsgewehr. Nach 200 Metern
konnten sie den dunklen Schatten sehen, der den Eingang zur Höhle markierte. Sie mussten über einen Stacheldrahtzaun klettern. Cordelia bemerkte, dass er vor kurzem von jemandem oder etwas beschädigt worden war.

Sie gingen vorsichtig in die Höhle hinein. Cordelia machte ihre kleine Maglite-Taschenlampe an, die sie immer in ihrer

Manteltasche hatte. Bald schon fanden sie den Bären, der schlafend in einer Ecke der Höhle lag. Um seinen Kiefer hatte sich gelber Schaum gebildet und er rührte sich nicht, als Jo ihn berührte.

„Ich muss ihn nicht betäuben, er ist schon bewusstlos. Ich rufe Alfonso und Victor an, damit sie mit dem Truck kommen. Dann tragen wir ihn runter zum Parkplatz."

„Hast Du wieder Deinen Akzent verloren?" Storm lachte.

„Wie hast Du ihn nur gefunden, Storm? Du hast ihn nur einmal getroffen und das ist schon fünf Jahre her, ähm … Darlink!"

„Weiß ich nicht genau. Als wir im Wald waren, habe ich nach ihm gesucht, so wie ich immer nach den Tätern suche. Das funktioniert nicht immer, aber ich hatte das Bild von einem dunklen, feuchten Ort im Kopf und dann hab ich mich an die Höhle erinnert. Und er ist in die Richtung gegangen. Es war reine Intuition, die funktioniert hat. Das ist alles!"

Josef rief seine Helfer an, damit sie den Truck zur Höhle brachten. Beide setzen sich hin und lehnten sich gemütlich gegen den warmen, pelzigen Bären.

„Hey, Jo! Wie wäre es mit einem Schluck, zur Feier des Tages, Kumpel?" Sie griff in ihre Jackentasche und zog einen Flachmann heraus. Sie nahm einen großen Schluck, und reichte ihn dann ihrem Freund.

„Was ist los?" fragte er. „Dir geht doch etwas im Kopf rum. Das spüre ich doch."

„Wieder beim Gedankenlesen? Aber Du hast schon Recht. Ich hab ein Problem. Ich arbeite gerade an einem richtig schweren Fall. Ich meine, so richtig hart an der

Grenze." Sie spürte die Wärme des Bären an ihrem Rücken und der muffige Geruch seines Fells benebelte ihre Sinne. Auf sonderbare Weise machte sich in ihr ein Gefühl inneren Friedens breit. „Schlimmer armer Scheißkerl aus Goulburn, der seine drei Kinder umgebracht hat?"

„Viel schlimmer. Der Kerl vergreift sich nur an jungen Frauen und schlitzt ihnen die Kehle auf."

„Na ja, das wollte ich schon seit Langem bei meiner Ex-Frau machen. Was ist daran falsch?"

Sie boxte ihm in den Arm und der Bär regte sich, blieb aber immer noch bewusstlos.

„Das Problem ist, dass ich keinen Zugang zu ihm finde.

Am Tatort konnte ich das Böse und Hass spüren, aber ich konnte nicht erspüren, was passiert war, und wohin er gegangen ist. Normalerweise sehe ich Bilder oder habe eine Ahnung. Einiges führt zu etwas, anderes nicht, aber als ich im Zelt war, war da nur ein Schleier aus dunklem Dunst. Ich habe Angst, Jo.

Das ist mir vorher noch nie passiert. Entweder ist dieser Kerl kein Mensch, oder er weiß, wie er seinen Verstand und seinen Körper vor mir abschotten kann. Und das würde bedeuten, dass er weiß, wer ich bin und wie ich arbeite!"
„Willst Du, dass Moby sich um ihn kümmert? Wenn er wieder wach ist, kann er recht ungemütlich werden."
„Moby ist ein Bär, Jo. Außerdem glaube ich nicht, dass er sich gut mit Route und Sixtysix verstehen würde. Um ehrlich zu sein,

bin ich mir gar nicht sicher, ob er überhaupt wieder aufwachen wird. Aber um noch mal auf diesen verrückten Mistkerl zurückzukommen, Jo. Was denkst Du? Du weißt eine Menge darüber, wie der menschliche Verstand funktioniert."

„Ja, genau. Das ist eine harte Nuss. Paranormale Telepathie, wie Du sie besitzt, ist noch nicht ausreichend untersucht worden, und niemand weiß wirklich, wie sie funktioniert. Du bist ein mentaler Freak, Storm. Aber ein scheener Freak!"

Cordelia lachte.

„Wenn der Kerl weiß, wer Du bist, dann weiß er auch, wie man Telepathie einsetzt. Gute Telepathen, wissen, wie sie ihren eigenen Verstand abschirmen können, damit sie wenigstens ein paar Geheimnisse vor denen schützen können, wenn es ans Eingemachte geht. So wie Du."

Die Körperleserin

Der Bär begann zu schnarchen.
„Gibt es irgendeine Möglichkeit, hinter seinen Schutzschirm zu gelangen?" Sie griff in ihre Jackentasche und holte zwei Zigaretten hervor.
„Um ehrlich zu sein, Schätzchen, ich weiß es nicht. Aber was ich weiß, ist, dass Du sehr, sehr vorsichtig sein musst. Das ist ein gefährlicher Mann und er weiß eine Menge über Dich und wer Du bist. Vielleicht weiß er sogar, wer Deine Freunde und Deine Familie sind. Auf jeden Fall weiß er, wie man die Denkweise anderer beeinflussen kann."
„Scheiße! Jessie! Gib mir sofort Dein Handy. Schnell!"
Cordelia tippte mit zittrigen Fingern.
„Jessie! Jessie! Ich bin`s, Mum. Alles in Ordnung bei Dir?"

„Natürlich. Ich hab Nachtschicht auf der Chirurgie Station für Männer. Aber das weißt Du ja schon. Was ist los?"
„Bleib kurz dran, Jess!"
„Kann sie bei Dir bleiben, Jo? Ich glaube nicht, dass er von Dir weiß!"
„Klar. Sag ihr, sie soll vorbeikommen, wenn ihre Schicht vorbei ist."
„Jess, hör zu. Und frag mich nicht, warum. Ich erklär's Dir später. Ich komme vorbei und hol Dich in der Früh am Haupteingang ab. Du musst Dir den Rest der Woche freinehmen. Hast Du verstanden?"
„Aber, Mum, ich kann nicht einfach so 'ne Woche freinehmen!"
„Tu verdammt wenigstens einmal das, was ich Dir sage. Wir sehen uns morgen früh!" Cordelia legte auf.
„Guter Zug, Storm. Er sucht nach Deinen Schwachstellen und Jessie ist mit Sicherhe

eine von ihnen. Willst Du Deinen Partner fragen, ob er heute Nacht bei Dir bleiben kann, nur für den Fall?"
Cordelia hustete durch ihren Zigarettenrauch.
„Ich kann auf mich selber aufpassen und brauche bestimmt keinen Bullen in meinem Haus, der nahe dran ist, depressiv zu werden."
Er blickte sie an und lächelte. „Und ich?"
„Und auch keine frustrierten, ungarischen Lügenbolde. Ich fühle mich sicherer, wenn meine beiden Hunde auf mich aufpassen."
Sie hörten, wie der Truck sich näherte. Victor und Alfonso marschierten in die Höhle mit Netzen und einem zweiten Betäubungsgewehr, nur für den Notfall. Schnell packten sie den bewusstlosen Bären in ein Netz trugen ihn vorsichtig die Stufen herunter, um ihn in den Truck zu laden. Dann

fuhren sie alle drei in die Nacht hinaus und ließen Cordelia allein neben ihrem Motorrad zurück. Wie viel weiß dieses Arschloch über mich? Und woher kriegt er die Info? Mir geht es besser, wenn Jessie bei Jo bleibt. Das Zirkuslager ist wie eine Wagenburg gebaut, die einen Kreis bildet, wenn die Indianer angreifen. Und ich weiß, dass Jo rundum
einen Wächter auf dem Posten hat, seit jemand in den Vorratswagen eingebrochen ist.
Aber wie kann ich in seinen Verstand eindringen? Jo nennt das, was ich tue,
panormale Telepathie, aber das ist ganz natürlich für mich. Ich denke da nicht drüber nach. Manchmal funktioniert es und manchmal nicht. Aber das war das erste Mal, dass es jemand geschafft hat, mich z

manipulieren. Fühlt sich fast so an, als wäre er gewaltsam in mich eingedrungen und das macht mich verdammt wütend. Sie stieg auf ihr Motorrad und düste
sehr schnell und sehr waghalsig in die Stadt zurück.

13. KAPITEL

Das grelle Sonnenlicht, das durch das Fenster fiel, tat ihr in den Augen weh. Cordelia blinzelte und blickte auf die Uhr. Es war sieben Uhr in der Früh. Langsam kletterte sie aus dem Bett, zog ihre Jogginghosen und ein Tanktop an, zurrte ihre Waffe fest und rannte nach unten, um ihre Hunde zu rufen. Sie joggte den Weg entlang, der hoch zum Mount Ainslie führte. Cordelia genoss diese Zeit des Tages ungemein. Nur sie, die Hunde und der australische Busch. Der Geruch von Eukalyptus und Teebaum, die lebhaften Farben, die einem bunten Aufgebot von Weiß, Rot, Grün,

Die Körperleserin

Silber und Beige glichen, an denen sie vorbeizog. Sie rannte schneller und die Farben waren nicht mehr länger unterschiedliche Formen, sondern nur noch Bänder aus Farbe und Licht, Stränge verlorener Erinnerungen, die einen unendlichen Raum für Neues hinterließen, an das sie sich erinnern wollte. In diesen Momenten fielen all der Stress und der Druck von ihr ab. Es waren Momente, in denen sie flog - auf den Flügeln der Freiheit. In diesen Momenten fand sie ihr wahres Selbst wieder und sie war unheilbar süchtig nach diesen Momenten.

14. KAPITEL

„Willkommen in meinem heiligen Tempel, Joan. Du bist die Auserwählte. Hier wirst Du geläutert und schließlich eins mit Gott werden."
Sie öffnete die Augen sehr langsam, aber alles, was sie erkennen konnte, war ein schwarzer Schatten, der etwas in der Hand hielt, das wie ein kleiner, schwarzer Koffer aussah. Sie nahm seinen Geruch wahr, der ihr irgendwie vertraut erschien. Seine Stimme klang seltsam, irgendwie gedämpft und verfremdet, aber dennoch ebenso vertraut. Sie schrie auf, als er mit der Hand ihre linke Brust berührte.

„Sei still, Joan. Wenn Du mir gehorchst, werde ich Dir nicht wehtun, verstanden. Verstanden?", wisperte er.

„Ja, ja, in Ordnung. Was hast Du mit mir vor? Bitte sag es mir."

„Wie ich bereits sagte, ich werde Dich läutern, Joan. Denn Du bist die Auserwählte!" Joan spuckte dorthin, wo sie sein Gesicht vermutete. „Lass mich hier raus, Du Schwein. Wer zum Teufel glaubst Du, dass Du bist?"

„Joan, Joan, ich weiß sehr wohl, wer ich bin, aber weißt Du, wer Du bist? Ich kenne Dich sehr viel besser, als Du denkst. Ich weiß, wo Du wohnst, welches Auto Du fährst, wo Du arbeitest. Ich weiß sogar, welche Bücher Du liest. Ich weiß fast alles über Dich. Deshalb ist meine Wahl auf Dich gefallen."

Sie schlug ihm ins Gesicht, aber er trug einen dicken Strumpf über dem Gesicht.
„Joan, Joan! Was tust Du nur? Ich bin hier, um Dir zu helfen. Und wenn Du alles tust, was ich Dir sage, wird nichts passieren. Ich gebe Dir mein heiliges Ehrenwort!"
„Okay, okay, was soll ich tun, Du krankes Arschloch?"
„Als Erstes", zischte er, „gib mir Deinen Arm."
Sie streckte ihren Arm aus. Er griff danach und dann erkannte sie den Geruch. Es war heißes Metall, sehr heißes Metall. Sie schrie auf, als er das Brenneisen auf ihren Unterarm presste. Sie hörte, wie ihre Haut im Dunkeln brutzelte. Dann drang der Geruch von verbranntem Fleisch scharf in ihre Nase. Sie verlor das Bewusstsein. Behutsam machte er ihre Haut mit Betadine sauber

und versorgte die Wunde mit einem dünnen Verband. Er war sehr zufrieden mit seiner Arbeit. Dann sammelte er seine Werkzeuge ein und verließ lächelnd die Zelle. Sie erwachte und verspürte sogleich wieder den Schmerz in ihrem Arm. Es tat furchtbar weh, aber noch schlimmer war das Gefühl der Hoffnungslosigkeit.

Sie wünschte sich sogar, dass er ein Vergewaltiger wäre, der ihr Gewalt antat und sie dann gehen ließ. Wenigstens wäre dann alles vorbei.

Sie kroch zu den Gitterstäben hinüber und versuchte, mit ihrem unverletzten Arm die Tür aufzumachen. Vergeblich. Sie setzte sich auf den kalten, nassen Boden und weinte sich die Seele aus dem Leib. Solange, bis der schier unerträgliche Schmerz wieder auszuhalten war.

15. KAPITEL

Cordelia joggte in ihren Innenhof. Sie war schweißüberströmt, aber fühlte sich belebt und im Einklang mit sich und der Welt.

Rasch fütterte sie die Hunde und ging dann über den kleinen Innenhof in ihr Studio. Sie hatte noch Zeit, bevor sie Jessie vom Krankenhaus abholte. Sie stand vor der großen Leinwand und betrachtete, was sie bisher gemalt hatte. Sie wählte einen Pinsel der Stärke 20, wusch ihn zuerst, bevor sie eine große Menge Neapelgelb auf die Palette drückte. Dann tauchte sie den

Die Körperleserin

Pinsel in die dicke, ergiebige Farbe. Zuerst malte sie die Stirn, dann die Wangen und das Kinn. Sie vergewisserte sich, dass alle Pinselstriche immer wieder überstrichen wurden, bis man keine scharfen Ränder mehr erkennen konnte. Dann begann sie mit der Untermalung der Ohren. Als Nächstes griff sie nach einem kleineren Pinsel und malte den Mund. Sie stellte sich einen Schrei vor, einen Schrei, der Stärke ausdrückte und nicht Resignation. Sie blickte auf die Uhr, die über der Glastür hing. Als sie bemerkte, wie spät es war, wusch sie hastig ihren Pinsel, streifte ihren Malerkittel ab, schlüpfte in ihre Lederjacke und rannte nach draußen zu ihrem Motorrad.

Jessie wartete schon vor dem Eingang des Krankenhauses. In einer Hand hielt sie den feuerroten Sturzhelm, den Cordelia ihr zu ihrem 16. Geburtstag geschenkt hatte. Cordelia bremste und Jessie stieg auf die Triumph hinter ihre Mutter.
„Gut festhalten, Schatz!" Cordelia drehte den Motor hoch und ließ die Kupplung los. Sie legte mit dem Vorderrad einen perfekten Hochstart hin.
Sie fuhren schnell und nahmen den kürzesten Weg nach Kambah Pool. Jessie klammerte sich an der Taille ihrer Mutter fest.
„Jessie, mein Darlink! Wie bist Du denn gegangen?" Josef umarmte sie stürmisch.
„Jo, lass den Scheiß mit dem Akzent. Du lebst seit über dreißig Jahren in Australien!" Sie lachte.
„Okay, okay. Aber man wird ja mal etwas Spaß haben dürfen, oder? Vor allem mit

zwei so hübschen Mädels wie mit Dir und Deiner Mutter."

Cordelia verdrehte die Augen. „Lass den Scheiß, Jo! Hast Du ihr Zimmer hergerichtet?"

„Ja, sie kann den zweiten Wagen haben. Jemand hat ihn gerade hergerichtet. Sie kann sogar meine saubersten dreckigen Laken benutzen."

„Keine Sorge, Jessie. Du bekommst ein Desinfektionsbad von mir, wenn das alles hier vorbei ist." Cordelia lachte. „Übrigens, was hast Du eigentlich der Oberschwester erzählt?"

„Dass Du von diesem Monster, das Mädchen umbringt, bedroht wirst, und dass er über mich Bescheid weiß. Deshalb willst Du mich im Auge behalten."

„Himmel, Mädchen! Wie hast Du Dir das nur zusammengereimt. Du hast verdammt

noch mal recht. Sieht so aus, als wären wir aus dem gleichen Holz geschnitzt."
„Du meinst wohl, Gene, Mum, Und allzu schwer war das ja auch nicht. Eigentlich eher offensichtlich, weil Du wolltest, dass ich bei Jo bleibe. Das konnte nur eines bedeuten: Absoluter Ernstfall!"
Cordelia erklärte ihrer Tochter die Situation und ermahnte sie, den Zirkus ja nicht zu verlassen.
Dann wandte sie sich an Jo. „Wenn meiner Tochter irgendwas passiert, werde ich Dir persönlich die Eier abschneiden und sie an Moby verfüttern. Kapiert, Kumpel?"
Josefs Augen funkelten. „Ich liebe es, wenn Du wütend bist, Darlink!"
„Pass einfach auf sie auf, Jo. Und sorge dafür, dass Moby genug zu Essen bekommt."
Sie fuhr zurück in die Stadt.

16. KAPITEL

Als sie auf der Polizeistation ankam, marschierte Cordelia schnurstracks auf ihren Schreibtisch zu. Aber bevor sie ihn erreichen konnte, tauchte Richards hinter ihr auf.

„Wo zum Teufel waren Sie, Storm?"

„Geht Sie nichts an, Jimmy", gab sie zurück.

„In mein Büro, sofort!" Die Adern an seinem Hals traten vor lauter Zorn hervor.

„Haben Sie schon mal das Zauberwort bitte gehört, Sir?"

„Haben Sie schon mal das Zauberwort Befehlsverweigerung gehört, Chief Detective?"

Cordelia zuckte mit den Schultern und folgte ihm widerwillig in sein Büro.
Umgehend schloss er das Innenfenster und die Jalousien an der Tür. Das würde wohl keine sehr erfreuliche Unterhaltung werden.
„Storm, wie oft habe ich Ihnen schon gesagt, dass Sie nicht auf eigene Faust ermitteln sollen? Sie haben einen Partner, es gibt eine Befehlskette und ich bin Ihr Vorgesetzter. Aber ungeachtet dessen setzen Sie niemanden davon in Kenntnis, was oder wo Sie ermitteln, ob Sie Verdächtige oder Beweise haben. Sie haben die Besprechung des Falls gestern verlassen, noch bevor sie zu Ende war und Sie haben keinen meiner Anrufe entgegengenommen. Das hier ist ein Team, Storm! Und ein Team arbeitet zusammen. Wo kämen wir denn hin, wenn

sich jeder in den Kopf setzen würde, allein die Verantwortung für jeden Fall zu übernehmen, anstatt die Arbeit aufzuteilen?"
„Mit Verlaub, Sir, dann wären wir wahrscheinlich alle viel zufriedener und erfolgreicher", stieß Cordelia aus zusammengepressten Lippen hervor.
Er atmete tief ein. „Ich kenne Ihre Arbeitsweise, Storm, und ich weiß, dass Sie manchmal gegen die Vorschriften verstoßen. Sie sind eine einsame Wölfin und Geoff ist der Einzige, mit dem Sie zusammenarbeiten. Aber ich nehme all das in Kauf, weil Sie mehr Verbrecher dingfest machen als irgendein anderer Detective in meiner Abteilung. Mein Gott! Sogar, dass Sie manchmal irgendwelche mentalen Kräfte oder Intuition, oder wie auch immer Sie es nennen, einsetzen, um Ihre Fälle zu lösen, nehme ich hin."

„Ich nenne es Intelligenz, Jimmy. Intelligenz – nicht mehr und nicht weniger."

„Nichtsdestotrotz, das ist ein schwerer Brocken und wir müssen alle zusammenarbeiten. Der Polizeipräsident und sogar der Premierminister setzen mich gewaltig unter Druck.

Wir müssen verdammt noch mal vorsichtig sein und uns ranhalten, um den Mistkerl zu kriegen. Hier gehen jede Menge Unruhe und Angst um, haben Sie das verstanden?"

„Meine Ohren und mein Gehirn funktionieren noch ganz gut, Jimmy. Natürlich verstehe ich das. Aber da gibt es etwas, das Sie wissen sollten."

Sie erzählte ihm, worüber sie mit Josef gesprochen hatte und dass sie Jessie in den Zirkus mitgenommen hatte, um sie zu schützen. Sie erzählte ihm alles, was sie wusste, und was sie nicht wusste.

„Verdammt noch mal, Storm! Warum haben Sie mir das nicht alles gestern erzählt?"

„Weil Sie ein eingebildeter, arroganter Arsch sind, Sir. Und ich habe gestern nicht das Gefühl gehabt, dass Sie in der richtigen Verfassung waren, um mir überhaupt zuzuhören, mit dem ganzen Druck, der Ihnen im Nacken sitzt." Sie lächelte.

Richards lachte. „Sie können mich mal, Storm. Und zwar kreuzweise! Sie sind auch wirklich der einzige Mensch, dem ich es durchgehen lasse, mich einen eingebildeten, arroganten Arsch zu nennen. Aber auch nur, weil Sie selbst eine eingebildete, arrogante Zicke sind. Möchten Sie einen Kaffee?"

„Gute Idee, Jimmy!"

Zehn Minuten später betraten sie gemeinsam das Einsatzbüro. Cordelia informierte alle über ihre neuesten Erkenntnisse.

„Ja, das würde perfekt zum Profil passen", bemerkte Ritschl. „Er braucht mehr Nervenkitzel, mehr Herausforderungen. Junge Frauen einfach nur umzubringen, reicht ihm nicht mehr. Er ist ein Adrenalin-Junkie und indem er mit der Polizei Katz und Maus spielt, erhöht er die Gefahrenstufe, und das ..."

„Hat jemand eigentlich ein Auge auf Dein Haus, Cordy?", fiel Geoff dem Professor ins Wort.

„Ja, Geoff! Ich habe jetzt zwei Zivilbeamte dort."

„Wie ich bemerkte", fuhr Ritschl fort, „die erhöhte Gefahrenstufe treibt ihn an und gibt ihm auch einen realen Grund, weiterzumachen."

„Was ist mit der jungen Frau Joan? Glaubst Du, er hat sie schon umgebracht?", fragte Sue Monahan.

Ritschl erwiderte: „Das glaube ich nicht. Er spielt vermutlich gerade irgendwelche Spielchen mit ihr. Er braucht sie, damit sie ihm das Gefühl gibt, dass er über jemanden Macht hat. Er braucht das Gefühl, die Kontrolle zu haben."

„Gibt es denn Verdächtige?", fragte Ben Jameson, ein neues Mitglied des Teams, der gerade frisch von der Polizeischule gekommen war.

Detective Richards fügte hinzu: „Drei Beamte sind gerade drüben im Canberra Hospital und überprüfen die Ärzte, das Pflegepersonal und den Rest der Angestellten, die irgendetwas mit Anästhesie oder Chirurgie zu tun haben. Aber die Liste ist lang. Dasselbe gilt für das Woden Valley

Hospital. Bis jetzt habe ich noch nichts gehört, aber es ist auch noch früh."

Cordelia teilte die Anwesenden rasch in Teams ein. Ein Team, das für forensische Beweise zuständig war, eines für das psychologische Profil, ein Befragungsteam und ein Koordinationsteam. Sie und Geoff bewegten sich zwischen den Teams hin und her. Sie arbeiteten drei Stunden am Stück zusammen.

Als Cordelias Telefon endlich klingelte, erstarrten alle.

„Storm, ich glaube, wir haben ihn! Sein Name ist… Moment... Jonas Stilton. Er ist ein Anästhesie-Assistent hier im Canberra Hospital und ausgebildeter Pfleger für den OP. Außerdem hat er im Melbourne General und im St. Christophers Hospital in Sydney in dem Zeitraum gearbeitet, als die

Morde passiert sind. Und er hat kein Alibi."
„Bringt ihn her, Pete! Alle herhören!", rief sie. „Pete bringt einen Verdächtigen her. Sein Name ist Jonas Stilton. Sue, überprüf ihn am Computer! Geoff, ruf das Melbourne General und das St. Christophers an. Finde heraus, warum er nicht mehr dort arbeitet, und ob er irgendwelche verdächtigen Spuren hinterlassen hat. Mein Gott! Ich hoffe wirklich, dass er es ist!"

17. KAPITEL

Cordelia fühlte sich sehr unbehaglich, aber sie wusste nicht wirklich, warum. Stilton blieb ruhig, behielt einen kühlen Kopf und ließ sich nicht aus der Fassung bringen, als er all ihre Fragen mit monotoner, emotionsloser Stimme beantwortete. Als sie zu Geoff hinübersah, konnte sie sehen, wie ihm der Schweiß auf der Stirn stand. Das war ein sicheres Zeichen, dass er auch etwas wahrnahm.

„Noch einmal, Mr. Stilton. Wo waren Sie in der Nacht von Mittwoch auf Donnerstag, zwischen Mitternacht und sieben Uhr morgens?"

„Wie ich bereits gesagt habe, Detective, ich war zu Hause im Bett und habe geschlafen."
„Waren Sie allein?"
Er starrte sie an, ohne mit der Wimper zu zucken. „Natürlich allein, Detective Storm. Wie oft muss ich Ihnen das noch sagen?"
„Also gibt es niemanden, der bezeugen kann, dass Sie in besagter Nacht nicht woanders waren?", fragte Geoff.
Cordelia wirbelte herum, schlug mit der Hand auf den Metalltisch und schrie ihm ins Gesicht. "Ich hab genug von der Scheiße, Du verdammter Mistkerl! Wo warst Du? Weißt Du, was ich glaube? Du warst auf Pine Island und hast die beiden armen, unschuldigen Mädchen ins Jenseits befördert. Verdammt noch mal, wo hast Du das dritte Mädchen versteckt?", brüllte sie.

Sie ballte die Hand zu einer Faust und wenn Geoff sie nicht zurückgehalten hätte, hätte sie etwas getan, das ihr wahrscheinlich später nicht sonderlich leidgetan hätte.

„Woher sollte ich das wissen, Cordy? Alles, was ich weiß, habe ich in der Canberra Times gelesen."

„Nenn mich nicht Cordy, Du Stück Scheiße! Mein Name ist Chief Detective Storm!"

„Okay, okay – machen Sie mal halblang, Chief Detective!"

Cordelia war außer sich vor Zorn. Sie hatte Schwierigkeiten, Jonas zu lesen. Er war es damals gewesen, der ihr untersagt hatte, ihr Handy in der Klinik zu benutzen, als sie ein paar Tage zuvor wegen der Vergewaltigung telefoniert hatte. Er zeigte keinerlei Anzeichen von Stress und all seine unbewussten Körpersignale waren stimmig. Aber ihre Intuition sagte ihr etwas ganz Anderes und sie konnte sehen, dass Geoff genau dasselbe dachte.

Jemand klopfte an die Tür. Sue kam herein und reichte Geoff ein Blatt Papier, das er schnell überflog. „Nun, Mr. Stilton, sieht so aus, als ob Sie bereits an ihren früheren Arbeitsplätzen einige Probleme gehabt haben. Mangelnder Respekt für die Grenzen anderer, zuweilen aggressives und herablassendes Verhalten, in einem Fall sogar sexuelle Belästigung. Keine sehr gesunden Charakterzüge für einen Mann in Ihrer Position." Jonas lächelte. „Ich nehme an, Ihnen liegen auch meine Arbeitsreferenzen vor. Darin steht, dass ich ein hervorragender Anästhesie-Assistent bin und meine Arbeit immerzu zur vollsten Zufriedenheit meiner Vorgesetzten ausführe."

Cordelia stand frustriert auf und stürmte aus dem Zimmer.
Zwei Stunden später sprach sie mit Doktor Ritschl. „Was meinen Sie dazu, Carsten?" Sie standen zusammen im Observierungszimmer und blickten durch verspiegelte Fenster. Jonas saß völlig entspannt auf seinem Stuhl und blickte ins Leere.
Ritschl rieb sich das Kinn. „Schwer zu sagen, Cordy. Ganz offensichtlich hat er Persönlichkeitsstörungen, aber das ist typisch für jemanden, der so viel durchgemacht hat wie er. Er hat seinen Vater sehr früh verloren und ist in einem Waisenhaus aufgewachsen, das sich übrigens ganz in de

Nähe von Canberra befand. Zugleich hat er ein schwieriges und anspruchsvolles Training als Anästhesie-Assistent absolviert.
Er scheint seine Arbeit gut zu machen und bislang wurde er auch nicht verurteilt.
Trotzdem stimmt irgendetwas nicht mit seinem psychologischen Profil. Er ist fast völlig abgeschnitten von jeglichen Gefühlen oder Emotionen. Das mag ihm in seinem Beruf zugutekommen, allerdings ist das bei einem normalen Menschen etwas verstörend."

Die Tür zum beengten Zimmer ging auf und herein kam Geoff, der Ritschl misstrauisch beäugte.
„Er ist total abgeschnitten, ein Zombie, er blinzelt selten und seine Augenbewegungen sind immer ganz gerade aus. Ich bin mir sicher, dass er der Täter ist. Jemand,

der so gefühllos ist, ist dazu fähig, Morde zu begehen. Was meinen Sie dazu, Herr Doktor Ritschl?"

Cordelia verdrehte die Augen.

„Ich denke dasselbe, Detective Gullamalu, ich bin absolut Ihrer Meinung. Aber wie in Gottes Namen können wir es beweisen?"

18. KAPITEL

Joan wachte auf und gab ein klägliches Wimmern von sich, als sie den Schmerz im Oberarm spürte, an der Stelle, wo er sie gebrandmarkt hatte. Mühsam bewegte sie sich auf den Eimer zu und verschaffte sich Erleichterung.
Sie hatte keine Angst mehr, sondern es war schierer Horror, den sie verspürte. Ihr Herz schlug sehr schnell und sie war nahe daran, zu hyperventilieren.

Der kleine Teil ihres Gehirns, der mit ihrer mentalen Gesundheit verbunden war, registrierte das Symptom. Sie konzentrierte sich auf ihren Atem und zwang sich, beim

Ausatmen längere Atemzüge zu nehmen, als beim Einatmen. Mit jedem Ausatmen wurde sie etwas entspannter und entspannter und entspannter...
Plötzlich schrie sie auf!
Er stand direkt neben ihr und griff sachte nach ihrem linken Handgelenk und streckte ihren Arm. Sie spürte das Piksen einer Nadel in ihrer Hauptader, aber da war es schon zu spät. Als sie wieder aufwachte, fühlte sie sich wie ausgelaugt und ihr war übel. In der linken Hand spürte sie ein Pochen. Sie war mit einer dicken, blutigen Bandage verbunden. Aber sie konnte sehen, dass er ihren Ringfinger und ihren Zeigefinger amputiert hatte.

19. KAPITEL

Oh, wie gerne ich doch dieses Spiel spiele! Und wenn Cordy nur wüsste, wie viel ich über sie weiß. Ihr Vater ist dieser gottlose Bastard, der mich dazu gezwungen hat, in diesem Gulag für obdachlose Kinder zu leben. Aber teuerste Cordy, das wird nicht ungestraft bleiben. Ja, warte nur ab. Ich spüre, wie Du hinter dem Observationsfenster stehst. Du wirst versuchen, Dich zu verstecken, aber ich werde Dich finden. Und dann wirst Du alles, was Du gesagt hast, bereuen. Genauso, wie es Dein Vater es bereuen wird, dass er meine Jugend einfach abgeschrieben hat.

„Wir können ihn nicht mehr länger festhalten, Storm", sagte Cavanagh. „Wir haben nicht genügend Beweise."

„Scheiße, Jimmy! Er war es! Ich weiß, dass er es war!"

„Besorgt mir einen Fingerabdruck, eine DNA-Spur. Einen definitiven Beweis, dass er es war. Dann können wir was tun. Aber mit dem, was wir bis jetzt haben, müssen wir ihn freilassen. Der Bezirksanwalt sitzt mir im Genick."

Cordelia rannte aus dem Gebäude, sprang auf ihre Triumph und preschte mit quietschenden Reifen vom Parkplatz.

Sie preschte durch die leeren Straßen und war auf dem Weg zur Waldstraße, die zum Mount Stromlo Observatory führte, wo ihr

Die Körperleserin

Freund Robert Richards einst als Astronom gearbeitet hatte, bevor er in dem tragischen Buschfeuer im Jahr 1984 den Flammen zum Opfer fiel. Sie lehnte sich in jede Kurve und die Sohlen ihrer Stiefel schrammten fast den Asphalt entlang. Mit ihren Schenkeln umklammerte sie fest den Ledersitz.

Sie bog auf eine Seitenstraße ab, die zu dem Haus führte, in dem sie aufgewachsen war. Es war eine der wenigen ursprünglichen Farmen, die nach Dem Buschfeuer in Brindabella Ranges noch standen. Das Dach bestand aus Wellblech, das in dunklem Rostbraun gestrichen war. Beim Eingang hing eine riesige, bunte Hängematte aus dickem Leinenstoff auf der Veranda. Es war die gleiche Hängematte, in der Cordelia als Kind geschaukelt hatte. Sie rollte das Motorrad auf den Ständer und nahm den Helm ab. Ihr Blick fiel auf den eingezäunten Gemüsegarten voller Salat, Karotten, Bohnen und Kürbisse. Ab und an konnte sie die zackigen Blätter von Marihuana-Pflanzen sehen. Ihr Vater schwor Stein auf Bein, dass er sie nur pflanzte, um das Gemüse vor Läusen und Parasiten zu schützen. Hinter dem Garten lag die Hütte und zwischen den Schatten sah sie in gleißendem Silber die Harley Davidson ihres Vaters. Von den Dachrinnen hingen Glyzinien, die Schatten spendeten, und deren süßer Geruch sie an ihre Kindheit erinnerte.

„Cordy! Cordy! Schön, Dich zu sehen, mein Schatz!"

Die Körperleserin

Ihr Vater hatte die Statur eines Bären und Cordelia konnte nicht anders, als ihn mit Moby zu vergleichen.
„Hi, Dad. Gut siehst Du aus! Aber Rasieren könnte Dir nicht schaden!" Sie umarmte ihren Vater innig.
Sie setzten sich auf die Veranda und tranken eiskaltes Corona-Bier aus der Flasche.
„Dad, erinnerst Du Dich an einen Waisenjungen aus Lightning Ridge, den Du in eine Waisenanstalt in Fyshwick eingewiesen hast? Sein Name war Jonas Stilton. Muss so an die 20 Jahre her sein."
Ihr Vater wurde blass und ließ seine Bierflasche fallen. Sie kullerte die Stufe hinunter und vergoss Bier, das sofort von der knochentrockenen Erde aufgesaugt wurde.

„Bitte sag mir, dass Du mit diesem Monster nichts zu tun hast!"
Cordelia lief ein kalter Schauer über den Rücken. „Dad, er arbeitet hier in Canberra als Assistent in der Anästhesie. Wir haben ihn heute Nachmittag auf dem Präsidium verhört. Er ist ein Verdächtiger in einer Mordserie. Ich glaube, dass er es war, aber ich kann ihm nichts nachweisen. Was ist denn los? Was weißt Du über ihn?"
Ihr Vater machte sich daran, die leere Flasche aufzuheben und ging dann zurück ins Haus. Cordelia hörte, wie er den Kühlschrank öffnete.

Er kam zurück, setzte sich neben sie und öffnete eine neue Flasche Bier. Er presste die Lippen aufeinander und Cordelia registrierte die Ader auf seiner Stirn, die immer hervortrat und pochte, wenn er wütend oder aufgebracht war.

„Ich habe ihn zum ersten Mal vor 20 Jahren in meinem Büro gesehen. Wie Du weißt, war ich damals Richter für Kinder und jugendliche Straftäter. Seine Pflegeeltern wollten ihn nicht mehr. Er geriet immer in Streit mit ihren anderen Kindern. Ihrem Sohn hatte er bereits zweimal den Arm gebrochen und versucht, ihrer zwölfjährigen Tochter Gewalt anzutun. Dabei war er gerade mal zehn Jahre alt.

Nie werde ich sein Gesicht vergessen. Bar jeglicher Emotion, leer, ohne eine Regung. Aber zugleich war er sehr höflich und kohärent und dem Anschein nach sehr intelligent. Er beantwortete alle meine Fragen, ohne Ärger zu machen und am Ende de

Ray Wilkins

Anhörung habe ich ihn in ein Heim für jugendliche Straftäter einweisen lassen. Es war eher ein Gefängnis, auch wenn manche Leute es als Waisenhaus bezeichneten, weil die Straftäter dort keine Eltern hatten. Als ich ihm meinen Beschluss mitteilte, ist er völlig ausgerastet. Er griff nach dem Brieföffner auf meinem Schreibtisch
und stach fünfmal auf mich ein. Er schrie, dass er eines Tages Rache nehmen würde. Drei Polizeibeamte waren nötig, um ihn von mir wegzuzerren."
Cordelia war geschockt. „Ich erinnere mich an diese Verletzung, aber Du hast uns erzählt, dass Du überfallen wurdest, als Du in der städtischen Arkade mitten in der Nacht nach obdachlosen Kindern gesucht hast."
„Ich wollte nicht, dass Du oder Deine Mutter Euch Sorgen macht und die Wunden

waren auch nicht sehr tief. Ein paar Stiche, und ich war wieder ganz der Alte. Aber solange ich lebe, werde ich seinen Blick nicht vergessen. Seine Augen waren so voller Hass und Bösem, aber er war nur ein zehnjähriger, kleiner Junge." Beide sagten kein Wort. Die Stille wurde nur durch den Rhythmus der Zikaden unterbrochen, die im hohen Gras hinter dem Haus zirpten.
Cordelia trank ihr Bier in einem Zug aus. „Der Scheißkerl ist zurück. Hast Du noch eins, Dad?" Sie reichte ihm ihre leere Flasche.

Sie redeten lange und ihr Vater erzählte ihr alles, was er über Jonas Stilton wusste: Vom Verdacht, dass er seinen eigenen Vater ermordet hatte, bis hin zu all den schrecklichen Untaten, die er anscheinend während der acht Jahre Arrest begangen hatte.

„Als er dann achtzehn wurde, übrigens hat er sogar einen Schulabschluss, er ist wirklich außergewöhnlich intelligent, wurde er entlassen und ist spurlos verschwunden. Die Akten von jugendlichen Straftätern werden unter Verschluss gehalten, deshalb gab es nie die Möglichkeit,
seinen Werdegang zu verfolgen, oder dass jemand Verdacht schöpfen würde, wenn er sich um eine Stelle bewarb oder sogar um eine so spezialisierte Ausbildung wie als Anästhesie-Assistent. Himmel, Cordy! Du musst verdammt noch mal vorsichtig sein. Das ist ein richtig bösartiger Kerl und soweit ich mich erinnern kann, hatte er auch einen engen Freund, der ihm immer und überallhin folgte, und den Boden küsste, auf dem er ging. Warte mal einen Moment,

wie war noch sein Name? Ja, genau, John Catterall. Das war auch so ein armer Irrer." Bevor sie ging, organisierte Cordelia ein Polizeiauto mit zwei Beamten, die das Haus ihres Vaters rund um die Uhr beobachten sollten. Sie wollte keinerlei Risiko eingehen.

Ray Wilkins

20. KAPITEL

Als Cordelia nach Hause kam war das Erste, das sie tat, ihre Alarmanlage zu überprüfen. Sie war eine der besten auf dem Markt erhältlichen Anlagen mit Überwachungskameras, Infrarot Bewegungssensoren und Fensterkontaktmeldern. Danach nahm sie die Hunde an die Leine und wollte einen ausgedehnten Spaziergang tätigen, um einen klaren Kopf zu bekommen. Wie immer führte sie auch ihre Baby Eagle Compact mit sich, welche perfekt im verdeckten Lederholster am Rücken ihren Platz fand.

Die lebhaften Hunde konnten es kaum erwarten, dass Cordelia sie am Fuße des

Die Körperleserin

Mount Ainslie endlich laufen ließ. Ihr Intellekt war ein Feuerwerk aus Gedanken, Gefühlen und Frustration zugleich. Sie benötigte die Zeit, um die notwendige Balance herzustellen und um zu verstehen, was passiert war. Jonas Gesicht tauchte immer wieder auf und diese leeren Augen, berechnend und so kalt wie Eis. Und wo war sein Freund Catterall? Sie wusste, dass sie seine Wohnung nicht ohne eine Befugnis durchsuchen konnte, eine Ermächtigung die kein Richter in Canberra in Anbetracht aus Mangel an Beweisen ausfertigen würde.

Wie konnte ein solches Monster existieren und in einem normalen Job arbeiten, ohne dass jemand misstrauisch wurde? Ihr Handy klingelte.

Josef schrie: "Jessica ist verschwunden!"
"Was zum Teufel meinst Du?" "Wie konnte sie einfach verschwinden? Du solltest auf sie aufpassen, um Himmels willen! Erzähl mir, was passiert ist!" Sie atmete einmal tief durch, versuchte, sich dabei zu entspannen und atmete wieder aus.
"Sie wollte Reiten gehen, also ließ ich sie Blondy aufsatteln. Sie versprach mir, dass sie sich nicht in den Wald begeben würde und dass sie den Weg am Fluss entlang nicht verlässt. Victor begleitete sie auf seiner Yamaha, aber er ist nicht wieder gekommen und am Handy kann man ihn auch nicht erreichen.

"Du hast es vermasselt, Jo! Du hast es verdammt nochmal vermasselt! Wenn Jessie etwas passiert, dann erhält Moby sein drei Gänge-Menü und als Hauptgang deine

Eier. Das ist ein Versprechen! Ich werde in etwa zwanzig Minuten dort sein, ich bringe Route und Sixty-six mit."

Sie rief Geoff schnell an und bat ihn zu kommen. Sie joggte zurück nach Hause, um den Pullover mitzubringen, den Jessie letzte Woche vergessen hatte.

21. KAPITEL

Josef war sehr blass, sehr angespannt und voller Schuldgefühle, sodass er stotterte, "S… S… Sie ritten… hinunter zum Fluss, Storm. Sie können nicht s…s… sehr weit gekommen sein, denn Blondy ist ein altes, halb lahmes Wildpferd und Victor ist auf einer alten Enduro gefahren, we…we… welche nicht schneller als 50 fährt."
Storm schwieg, aber Josef konnte ihre dünnen und weißen Lippen sehen - ein sicheres Zeichen dafür, dass sie sehr mordlustig war. Sie hielt Jessies Pullover den Hunden unter die Nase und als diese den Duft aufgenommen hatten, ließ sie die Hunde von der Leine. Sturm, Geoff, Jo und zwei Officer liefen hinter den Hunden her. Si

folgten den Hufabdrücken und den Reifenspuren, die zum Fluss führten und dann bogen diese nach links und folgten der grasbewachsenen Uferböschung. Den Reifenspuren war einfach zu folgen und sie liefen verzweifelt sehr schnell, um Jessie zu finden. Die Hunde folgten den Spuren, ihre Schnauzen sehr dicht am Boden. Sie kamen zu der Stelle, an der sich der Murrumbidgee dem Murray anschloss. Die Uferböschung war nichts außer Fels und Kies und sie konnten keine Spuren mehr erkennen. Route und Sixty-six schnüffelten herum, bis sie die Fährte wieder aufnehmen konnten, dann folgten sie dem östlichen Arm des Murray-Flusses. Sie hatte Angst, dass sie zu spät sein würde und dass Jessicas toter, verstümmelter Körper leblos im Fluss trieb.

Sie suchten fast zwei Stunden, die Hunde liefen schneller und während sich Cordelia auf das Schlimmste vorbereitete, betrachtete Josef sein Leben schon als Eunuchen. Als sie um die nächste Kurve kamen, konnten sie ein Pferd weiden sehen und ein Motorrad lag auf der Seite. Cordelia fiel sofort in den Tatort-Modus und scannte das ganze Gebiet mit ihren Augen und ihrem Verstand ab. Dann sah sie die beiden Körper auf einem Felsen, beim Ausgang der Flussmündung lag ein Mann, der nur Unterhosen trug und eine Frau mit Höschen und BH bekleidet. Sie lagen flach auf dem Bauch - regungslos. Cordelia schrie und rannte in die Flussmündung, gefolgt von den Hunden. Gleichzeitig hoben Victor und Jessica die Köpfe hoch und winkten faul.

Die Körperleserin

Cordelia stieg aus dem Wasser auf den Felsen und schrie: "Was zum Teufel denkst Du, was Du tust?"
"Wie sieht es aus, Mum? Wir genießen nur die Sonne. Wir müssen eingeschlafen sein. Das ist alles, was soll die blutrünstige Aufregung?"
"Ihr solltet schon seit zwei Stunden zurück sein! Während Du und Bimbo hier Euer erotisches und romantisches Zwischenspiel genossen habt, haben wir uns Sorgen um Euch gemacht. Ich wollte gerade ein Such- und Rettungsteam anrufen."
Jessie stand mit ihren Händen an den Hüften und Feuer in ihren Augen vor ihrer Mutter. "Ich habe kein Techtelmechtel mit Victor, denn er ist schwul. Du bist die Ursache all dieser Schwierigkeiten. Du bist diejenige, die die ganze Welt an sich reißen

will. Du bist diejenige die denkt, dass eine Frau alleine gegen Ungerechtigkeit und Verbrechen kämpfen muss. Ich bin hier von Leibwächtern und betrunkenen Bären umgeben; wegen Dir! Möglicherweise werde ich gerade vor einem verrückten Serienmörder geschützt, aber nur möglicherweise. Ist das eine Deiner berühmten Vorahnungen, Mum? Ist das wieder Dein Bauchgefühl? Seit meinem ersten Atemzug hat es mein Leben ruiniert. Genau wie all die anderen Zeiten, die ich geschützt oder versteckt werden musste, so dass keiner Deiner Lieblingsverrückten mir ein Messer in den Rücken stechen konnte."

Cordelia riss mit einem Male ihre Faust zurück und schlug ihrer Tochter aufs Kinn. Jessica fiel ins Wasser während sie ihr Kinn rieb und ein Blutfleck war an der Ecke des Mundes ersichtlich. Cordelia streckte die Hand nach ihrer Tochter aus und zog sie aus dem Wasser. "Es ist mir egal, wie alt Du bist. Sprich ja nie wieder so mit mir! Niemals!"

Cordelia tauchte ins Wasser und schwamm zum Ufer zurück. Geoff und Josef starrten sie gaffend an.
"Geoff bitte, kümmere Dich um die Hunde, wirst Du?" Dann nahm sie das im Schmutz liegende Motorrad, an dem die Schlüssel noch in der Zündung steckten, genau wie sie es vermutete. Sie trat den Anlasser runter und fluchte auf dem Motorrad den ganzen Weg in die Stadt, weil es an Geschwindigkeit, Schneid und einem rauchenden Auspuff mangelte. Als sie nach Hause kam, rollte sie sich einen dicken Joint und ging

in ihr Atelier, um diesen zu dampfen. Eine halbe Stunde später fuhr Geoff mit ihren Hunden in den Hof.

Die Hunde sprangen eifrig aus seinem Wagen und kratzten an der Ateliertür. Sie öffnete die Tür, um sie hereinzulassen. Geoff ging sprachlos zu der riesigen Leinwand, an der sie arbeitete.
"Schließ Deinen Mund wieder, Geoff. Du könntest eine Fliege schlucken. Gib mir ein Bier aus dem Kühlschrank, Du weißt ja wo es ist."

Er ging in die Küche, holte ihr ein Bier aus dem Kühlschrank und schenkte sich einen Mango-Smoothie ein. Er hatte keinen Alkohol mehr getrunken, seit er vor zehn Jahren zum Islam übergetreten war. Cordelia machte sich über ihn lustig und nannte ihn

den einzigen Ureinwohner in Australien, der zu Allah betete und nicht zu Reschs Lager.
"Warum hast Du sie geschlagen, Cordy?"
"Weil sie eine verdammte, idiotische, temperamentvolle, egoistische, trotzige
Schlampe ist, noch irgendwelche anderen dummen Fragen?"
"Hat Dich das irgendwie an jemand anderen erinnert, Cordy?"
Sie griff zu dem kleinen Tisch hinüber, nahm sich eine sehr große und schwere Tube Ölfarbe und warf sie an seinen Kopf. Er duckte sich gerade noch rechtzeitig und lachte.
"Ich weiß", sagte sie, "aber ich war so erschrocken, dass dieser Bastard sie ergattert hatte, so dass ich durchdrehte. Jessie kennt mich, und sie wird mir verzeihen.

Sie weiß, woher ich komme und dass ich sie liebe und sie hat genügend mentale Narben in ihrem Kopf aus anderen Zeiten, als ich in der Vergangenheit Grenzen überschritten habe, um es zu beweisen!"
Sie lachten und dann gab sie ihm einen dicken Schmatzer auf die Wange, bevor sie ihn zur Tür rausschob. "Wir sehen uns morgen, mein Freund. Ich habe eine Menge Arbeit zu erledigen."
Sie arbeitete lange, bis tief in die Nacht. Zuerst beendete sie die Augen, diese waren in einem tiefgrünen Braun, versehen mit einem Touch Gold. Sie benutzte ihre kleinste Bürste und eine Lupe, um die kleinen Venen und die blaue Schattierung innerhalb der Sklera zu malen. Mit jedem Pinselstrich fühlte sie sich ruhiger und in Kontakt mit ihrem Inneren, ausbalanciert. Als nächstes

beendete sie die Schattierungen unter den Augen mit dunkelbrauner Farbe und

Ocker mit ein bisschen Fleischrosa. Sie bewegte sich schnell auf die Wangenknochen zu und dann auf die Nase, wobei sie daran dachte, die weißen Glanzlichter an der Spitze zu malen. Jetzt war sie bereit für den Mund - der Schrei - die Macht - das verborgene Wissen. Sie arbeitete schnell mit kleinen fetten Strichen. Die Lippen sind über die Elfenbeinzähne dicht und zurückgezogen. Die Zunge krümmte sich fast und berührte den Gaumen. Ein Schrei, der kein Schrei war. Ein Schrei voller Mut, Kraft, Herausforderung und Triumph. Ein Schrei mit der unsterblichen Macht der Angst.

Als sie endlich fertig war, wusch sie die Bürsten aus und legte sie ordentlich auf die

Palette. Etwas ging ihr dabei durch den Kopf. Es nagte an ihrem Unterbewusstsein und versuchte, ihr etwas zu erzählen. Dann wusste sie plötzlich, was es war!

„Scheiße! Ich weiß, wo er ist! Warum zum Teufel haben wir nicht schon früher daran gedacht?" Sie rief Geoff an.
"Vielleicht sollten wir ein Swat-Team anrufen, Cordy. Dieser Kerl ist ein echtes Arschloch."
"Nein! Lass es uns alleine durchziehen, Geoff. Nur Du und ich."
Geoff machte sich Sorgen und er wusste, dass sie nicht wegen der Warterei durch die Polizisten behindert werden wollte und sie wollte den Bastard für sich allein haben. Er wusste, dass es gefährlich ist und gegen die Befehle war, aber er wusste zugleich auch, dass, wenn er nicht tun würde was Storm

wollte, dann wäre sein Leben in Zukunft nicht mehr lebenswert.

"Ich werde Dich am nördlichen Ende der Straße treffen, aber Cordy, warte bitte, bis ich dort bin, bitte!"

„Okay, Geoff und... Danke!"

Sie lief zu ihrem Fahrrad und fuhr wie die Hölle los, in Richtung dieses kleinen Industriegebiets, welches nur sechs Meilen außerhalb von Canberra - Fyshwick lag.

Die Straße war dunkel und es gab keine Beleuchtung. Sie zog das Fahrrad auf den Ständer und wartete auf Geoff.

Zu ihrer Linken konnte sie nur ein leeres, mit Unkraut bedecktes Stückchen erkennen und das verkümmerte Mulga-Gestrüpp. Zu ihrer Rechten ragte ein hohes Betongebäude ohne Fenster aus der Erde, wahrscheinlich eine Fabrik, wie sie dachte.

Ansonsten war die Straße eine Kombination von modernen leeren Mini-Fabriken und heruntergekommenen Lagern. Am Ende der Straße sah sie die Überreste einer Ruine, das war wohl das verlassene Jugendgefängnis, welches sie suchte. Sie spürte die Spannung in der Luft und sie wusste jetzt, dass der Serienmörder und sein Opfer in diesen Ruinen versteckt waren.

Sie griff hinter ihren Rücken, um sicherzustellen, dass die Eagle gemütlich in ihrem Holster saß und dann griff sie nach unten auf ihr linkes unteres Bein, um das festgeschnallte Messer zu überprüfen. Sie wusste, dass ihr Vorhaben gefährlich war, aber für sie war es die einzige Möglichkeit, die Dinge auf ihre Weise zu erledigen. Sie hörte leise Schritte auf sie zukommen. "Ich bin's Cordy, Geoff.", flüsterte er neben ihr.

"Dort unten am Ende der Straße auf der linken Seite halten wir uns im Schatten der Gebäude auf und werden uns sehr langsam bewegen." Sie klopfte ihm auf die Brust. "Was zum Teufel trägst Du bei Dir Geoff? Es fühlt sich an wie eine verdammte kugelsichere Weste."

"Es ist eine! Janarrapi bestand darauf."

"Wie oft muss ich Dir sagen, es ist die Schnelligkeit und Geschicklichkeit, die Dich davon abhält erschossen zu werden und nicht Kevlar! Zieh es aus oder ich gehe allein!"

Er zog schnell seine Lederjacke aus, knöpfte sein Hemd auf und schlüpfte aus der schweren Weste.

"Jetzt kannst Du Dich wieder bewegen, oder?"

"Sicher Cordy, aber wenn Jannarapi herausfindet, dass ich es nicht trage, bin ich sowieso tot." Beide kicherten leise. "Okay, gehen wir!" Sie führte den Weg durch die düstere, stille Straße.

Der Boden war von Felsen und Müll übersät und Storm lief manchmal im Kreis herum oder führte beide hinter ein Gebäude. Es dauerte mindestens 30 Minuten, um in das zerstörte Gebäude zu gelangen. Sie hockten sich nieder und blickten den Weg entlang auf den Trümmerhaufen. Es war eines jener Betonblöcke aus den fünfziger Jahren. Alles was davon übrig geblieben war, waren zertrümmerte Mauern, wo Brennnesseln und ausgetrocknete Teestrauchbüsche versuchten die verrosteten Rohre und die Betonsteine zu erwürgen. Der Eingang war noch intakt, aber die Tür war nicht mehr vorhanden. Sie konnten massenweise verrosteten Stacheldraht sehen, welcher aus dem Dreck und den Steinen herausragte. Sie krochen über die Straße. Sie spähten durch die Eingangshalle und sahen nichts als schwarze Dunkelheit. Beide überprüften ihre Waffen noch einmal. Cordelia signalisierte Geoff nach rechts zu gehen und sie ging schweigend nach links. Sie fühlte sich dankbar, dass Wootara, einer von Geoffs Ureinwohnern, ihr beigebracht hatte, wie sie ohne Geräusche jemanden verfolgen und sich anschleichen konnte. Am anderen Ende der übelriechenden Halle traten sie in einen Korridor ein, der nach unten führte. Der Boden war mit altem, dunkelgrauem Linoleum abgedeckt, das sich von den Wänden wie eine alte Haut auf einer Narbe abwetzte.

Sie gingen weiter und glitten geräuschlos auf den Boden. Cordelia schöpfte all ihre Sinne bis zum Maximum aus. Sie schwitzte und ihre Finger prickelten. Sie fühlte, dass Etwas nicht stimmte, aber sie wusste nicht genau was. Sie erreichten das Ende des Korridors und betraten ein großes Zimmer, welches sehr dunkel war und in diesem Moment wurde die Dunkelheit zur Hölle. Ein starkes weißes fluoreszierendes Licht wurde eingeschaltet. Was sie jetzt sah, ließ ihr das Blut in ihren Adern stocken. Ihr Vater saß auf einem Stuhl in der Mitte des Raumes.

Seine Nase und sein Mund bluteten. Sie blickte zu seinen Füßen hinunter und sah eine blutige Bandage an beiden Füßen, die fest zusammengebunden war. Er hob langsam den Kopf und er war sehr blass und

weinte. "Nicht bewegen, Cordy! Er hat eine Art Sprengfalle um den Boden des Stuhls herumgewunden.... Ungh... warte für eine Sekunde es schmerzt wie die Hölle... Scheiße... er hat meine beiden großen Zehen amputiert – es ist wirklich schwer, mit Schmerzen einen klaren Satz zu reden..."
"Papa? Was ist das für ein Bastard? Ich werde ihn töten!"

Sie hörte links von sich in der Dunkelheit eine Bewegung, wo das helle Licht nicht leuchtete. Jonas Stilton ging ins Licht. Er hielt eine Waffe und er hatte seinen Finger schon im Abzug, bereit den Abzug zu drücken. "Nun, Miss Storm, es ist schön, Sie wieder zu sehen und ich sehe auch, dass Sie Ihren außergewöhnlichen, dunklen Freund, Herrn Gurrumullu mitgenommen haben. Ich muss wirklich sagen, ich fühle mich geehrt."

Er stand vor Cordelia und er hielt eine Art Fernbedienung in der anderen Hand.

"Herr Gurrumullu, meine erste Frage an Sie. Wissen Sie, was ein Totmannschalter ist?"

"Du verrückter Bastard, was denkst Du überhaupt wie weit Du dieses verdammte Spiel spielen kannst? Der ganze Ort ist umstellt. Du kannst nicht fliehen." Er zielte mit seiner Pistole auf Stilton.

"Das würde ich nicht tun, wenn ich Sie wäre. Waffen auf den Boden! Sofort!", schrie er.

Cordelia und Geoff legten ihre Kanonen auf dem kalten Boden ab.

Er sprach weiter und starrte in den leeren Raum zwischen den beiden Detective en hindurch.

"Wie auch immer, der Totmannschalter, ein beabsichtigter Spaß, ist, was ich in meiner linken Hand habe und mein Daumen hält einen sehr kleinen, etwas rutschigen Knopf fest. Wenn ich zufällig angegriffen oder sogar leicht erregt bin, könnte mein Finger am Knopf abrutschen, so dass er aktiviert werden kann, wodurch dieses schmutzige Gebäude mit seiner schrecklichen Vergangenheit in die Luft fliegt und alle seine gegenwärtigen Insassen sofort tötet, verstehen wir uns jetzt besser?"
Cordelia sah ängstlich zu ihrem Vater.
"Vollkommen klar, Du verdammter Bastard! Und darf ich fragen, was Du jetzt mit uns vorhast?"
"Als allererstes, liebe Cordy, machen wir es Dir und Deinem schwarzen Freund bequem. Darf ich einen sehr guten Freund

von mir vorstellen? Richter Storm hatte bereits das Vergnügen seiner Bekanntschaft, das ist Mr. John Catteral."
Ein großer schlaksiger Mann trat aus dem Schatten hervor. Er hatte lange, blonde, klebrige Haare, die in einem Pferdeschwanz an seinem Rücken herunterhingen und sein Gesicht war sehr bleich. Seine Augen brannten wie schwarze Kohlen. Er bewegte sich in Zeitlupe, aber zur gleichen Zeit ging er wie eine Katze. Er trug eine Seilrolle, ein Klebeband und eine riesige Pistole hing an seiner Hüfte.

Cordelia spürte seine Gedankenwellen und konnte seinen Körper ohne Probleme lesen und was sie las, war nicht gut. Das war ein Mann ohne Skrupel und er war seinem Mentor und Freund blutig treu. Beide, Cordelia und Geoff, wussten, dass wenn sie sich von Catteral fesseln ließen, sie sich nicht mehr bewegen konnten und das Spiel wäre vorbei. Sie wartete bis Catteral in greifbarer Nähe war und sie konnte seinen stinkenden Atem und penetranten Körpergeruch riechen, aber sie blieb entspannt und erlaubte ihm, ihre Eagle aus ihrer Reichweite zu geben. Sie blickte zu Geoff hinüber und konnte sehen, dass er bereits wusste, was sie tun würde.

"Wirf die andere Pistole auf den Boden, Blackie!", schrie Jonas.
Geoff griff in seine Socke und zog einen kleinen Derringer heraus. Er warf ihn auf den Boden.
"Also meine Schöne, sind wir dann soweit?" feixte Catteral.

"Halt Deinen Mund, er stinkt wie ein verdammter Abwasserkanal!", schrie Cordelia. Er schlug mit der Faust genau auf die Seite ihres Kopfes, wie sie es vermutet hatte. Sofort bückte sie sich zum Bein hinunter und zog ihr Messer heraus. In einer schnellen Bewegung schlitzte sie ihm die Kehle auf. Blut spritzte über ihr Gesicht und ihren Körper und für einen kurzen Moment konnte sie nichts mehr sehen.

Zur gleichen Zeit stürmte Geoff zu Jonas. Jonas sah erschüttert aus und sein Gesicht war voller Hass. Schreiend warf er die Fernbedienung auf Geoff und lief in den Schatten. Es folgte eine gewaltige Explosion und alles wurde schwarz.

"Geoff? Geoff! Bist Du in Ordnung?"

"Was ist passiert, Cordy?"
"Nun, es war definitiv keine Bombe, die er an den Schalter seines Totmanns angeschlossen hatte. Ich würde sagen, es war eine dieser Blitzgranaten, die die Teams der Spezialeinheiten verwenden und die Lichter sind auch ausgefallen."
Geoff griff in seine Jackentasche und zog eine kleine Taschenlampe heraus.
"Schalte sie noch nicht ein, Geoff! Wir wissen nicht, wo sich dieser Scheißkerl befindet."
Sie tastete solange vor sich hin, bis sie Catteralls Arm fühlte. Sie wollte den Puls an seinem Handgelenk spüren.
"Einer ist erledigt, Partner. Und einen haben wir noch vor uns!", flüsterte sie und lächelte böse.

"Stirb langsam drei?"

"Stirb langsam zwei." Komm, Kumpel! Lass uns diesen Bastard schnappen."

"Sieh zu, ob Du den Korridor finden kannst, in dem er verschwunden ist und ich werde Dad abchecken."

Ihr Vater rief ihr zu: "Ich bin okay, aber es nützt nichts... er hat Sprengfallen rund um den Stuhl angebracht... Du wirst Dir den Hals brechen wenn Du versuchst, mich zu befreien. Lass mich einfach hier zurück und vernichte dieses Arschloch. Ich habe es geschafft, einen meiner Arme zu befreien... Schieb mir einfach das Messer über den Boden - nur für den Fall, dass ich es brauchen könnte."

Sie konnte im Dunkeln nur seine Umrisse erkennen und schob sehr vorsichtig das Messer über den Boden auf den Stuhl zu.

Er stoppte es mit seinem Fuß und es entfuhr ihm ein Schmerzensschrei.

Cordelia schlich zu Geoff hinüber, welcher aufrecht stand und seine Waffe hielt. Er flüsterte: "Dieser Gang führt in den Keller, er ist wirklich lang. Ich bin etwa fünfundzwanzig Meter hinuntergegangen, kann aber nicht sehen, wo er endet."

"Okay - Du gehst auf die andere Seite des Korridors und wir gehen sehr langsam hinunter, was auch immer passiert, lass mich nicht aus den Augen. Okay?"

Sie gingen in die Dunkelheit, ihre Waffen bereit, die Finger auf dem Abzug. Cordelia konnte vage fühlen, dass jemand am Ende des Korridors eine Menge Angst und Resignation erlebte, sie hoffte, dass es das Mädchen war.

Sie spürte, wie sich der Boden ausbreitete.

Sie befanden sich nun im Kellerraum.
Plötzlich gingen die Lichter an und Geoff schrie. Er hatte einen Stolperdraht ausgelöst, der ein schweres Netz freigab und er kämpfte, um sich zu befreien - aber das verwirrte ihn noch mehr. Jonas trat hinter ihn und hielt ein großes Skalpell an Geoffs Kehle.
"Cordelia, meine Liebe, bewege Dich ja nicht und lass Deine Waffe auf den Boden fallen oder ich werde einen hübschen Luftröhrenschnitt an Deinem Freund durchführen."
Sie ließ ihre Waffe auf den Boden fallen.
"Und das Messer auch, Du Schlampe!"
"Ich habe es bei meinem Vater gelassen!"
"Zeig mir Dein Bein!"
Sie hob ihr Hosenbein hoch, so dass er die leere Messerscheide sehen konnte.

"Das ist sehr gut, Cordelia. Vielleicht tötet er sich damit, dann werde ich es nicht tun müssen, wenn ich mit Dir fertig bin. Er kann sowieso nicht an meinen Sprengfallen vorbeikommen. Und vergessen wir meinen lieben Gast nicht, mit dem ich mich die letzten Tage gereinigt habe und mich für die heilige Vereinigung mit dem himmlischen Vater vorbereitet habe. Ich möchte Euch vorstellen."

Er nahm ein dickes Seil vom Boden und wickelte es um das Netz, welches er sehr fest zog und dann stieß er Geoff auf den schmutzigen Boden. Er winkte Cordelia zu einem Stuhl in der Mitte des Raumes. Auf dem Sitz lag eine Gummimatte. Er fesselte ihre Hände und Beine auf die Arme und Beine des Stuhls.

"Hast Du jemals den Begriff 'kauterisierende Behandlung' gehört, Miss Storm?"

Ray Wilkins

"Schon mal den Begriff 'Fick Dich!' gehört, Mr. Wahnsinniger?"
"Cordelia, Cordelia, was für Schimpfworte! Alles, was ich von Dir will ist, dass Du verstehst, was ich gleich tun werde."
Er hielt ein harmlos aussehendes Objekt in seiner Hand, welches wie ein überdimensionaler Kugelschreiber aussah. Ein Draht aus einem Ende, der mit einem silbernen Kasten mit zwei Schaltern und einem Zifferblatt verbunden war. "Durch diesen Gegenstand, den ich halte, läuft ein elektrischer Strom von hundert und zehn Volt. Du denkst jetzt wahrscheinlich, naja, das ist nicht viel Saft. Aber Du wirst gleich sehen Cordelia, ich habe dieses wunderbare chirurgische Werkzeug ein bisschen verändert. Wie Du am anderen Ende sehen

Die Körperleserin

kannst, gibt es eine kleine Metallplatte, die ich in Silizium geschärft und beschichtet habe, damit sie die Haut sehr leicht durchstechen und in das Muskelgewebe eindringen kann, und dann meine liebe Cordelia, beginnt der Spaß.", lachte er.
"Aber keine Angst, das ist nicht für Dich gedacht, ich habe etwas Besseres für Dich. Ich werde es für unseren guten Freund Geoffrey verwenden. Ich möchte, dass Du mitbekommst, wie er leidet und sich vor Schmerzen krümmt. So wie ich einst gelitten habe und acht Jahre lang Schmerz in diesem gottverlassenen Höllenloch mit Deinem gottverdammten Vater ertragen musste."

Cordelia zerrte mit ihrer ganzen Kraft und versuchte sich von den Plastikmanschetten zu befreien, die ihre Hände an den Stuhl zwangen. Sie versuchte aufzustehen, aber der Stuhl war auf dem Boden verankert. Jonas ging zu Geoff und packte sein Bein durch das Netz und drückte sofort den Kauterisierter tief in den fleischigen Teil von Geoffs Wade.

Geoffs Haut zischte und wurde Hummerrot, während gleichzeitig der scharfe Gestank brennenden Fleisches den Raum erfüllte. Geoff schrie und wurde dann glücklicher Weise ohnmächtig. Jonas drehte sich um, um zu sehen, ob Cordelia seine Show genoss, als eine Hand seine Haare packte und ihn auf die Beine hochzog. Cordelia trat ihn mit aller Kraft zwischen die Beine. Er fiel vorwärts und Cordelia schlug mit aller Kraft ihr Knie in sein Gesicht und hörte seinen Kieferknochen knacken.

Dann packte sie sich sein Kinn und sah ihm tief in die Augen. "Das ist für all die Schmerzen und Leiden, die Du so vielen Menschen in Deinem verdammten jämmerlichen Leben verursacht hast, Mr. Jonas." Dann stach sie das Messer bis zum Griff in sein Herz und drehte es schlagartig in der Brust um, bis seine Rippen gegen die Klinge kratzten.

Ihr Vater hinkte hinter ihrem Stuhl hervor. Er nahm sie in seine Arme.

"Jesus, Dad! Wie zum Teufel bist Du hier nach unten gekommen?", sagte sie mit Tränen in den Augen.

"Ich schaffte es irgendwie die Seile durchzuschneiden und befreite meine andere Hand und meine Füße. Das Seil, das Catteral Bastard verwenden sollte, fiel nahe

genug heran, um es zu ergreifen ohne irgendwelche Fallen auszulösen. Es war ein großes Rohr über meinem Kopf und ich schaffte es, das Seil darüber zu werfen und der Rest war dann ein Kinderspiel. Ich schwebte über die Fallen bis ich weit genug weg war, um das Seil loszulassen und dann bin ich einfach den Korridor hinunter geschlittert und wartete auf den richtigen Moment."
Sie sah ihn an. "Du bist besser als Indiana Jones!"
"Anstatt über langweilige und veraltete Filme zu sprechen, wie wäre es, mich hier endlich rauszubringen?" hechelte Geoff.
Cordelia rannte zu ihrem Partner und schnitt ihn aus dem Netz. Die Wunde an seinem Bein rauchte noch immer und die Haut war geschwollen und rot.

"Scheiße, das tut verdammt nochmal höllisch weh! Was ist passiert? Ich bin weggetreten, als wenn jemand das Licht ausgemacht hätte."

Sie hielt ihn in ihren Armen und er schrie vor Schmerz.

"Dad schaffte es, sich zu befreien und dann schlich er den Korridor hinunter, schnitt mir die Handschellen durch und gab mir das Messer. Als Jonas damit beschäftigt war Dich zu quälen, überraschte ich ihn und tötete ihn."

"Wo ist das Mädchen?"

"Scheiße! Ich habe sie ganz vergessen." Sie warf ihrem Vater ihr Handy zu und sagte ihm, er solle die Polizei und den Krankenwagen rufen.

Sie ging bis zum Ende des Korridors, als sie jemanden wimmern hörte und folgte dem

Geräusch. Sie fand bald die Tür zur Zelle und benutzte den blutigen Griff ihres Messers um das Schloss aufzubrechen.

Das Mädchen schrie. "Nein! Bitte! Lass mich allein!"

"Es ist okay Joan, es ist vorbei. Ich bin eine Polizeibeamtin."

Sie ging zu der Koje und umarmte Joan.

"Ist er tot? Ist er tot? Bitte sag mir, dass er tot ist!"

"Tot wie ein Nagel in einem Sarg. Alles wird gut, versprochen."

22. KAPITEL

"Was hast Du Dir dabei gedacht, Storm? Du hättest Geoff umbringen können und Dich selbst noch dazu!"
"Ich folgte meiner Intuition. Spielt das überhaupt eine Rolle? Die beiden Bastarde sind tot."
"Welche Rolle das spielt? Storm, Du hast einen Serienkiller alleine verfolgt, ohne Verstärkung zu rufen. Du kennst die Regeln."
"Geoff war bei mir und was das betrifft, Dad auch." Sie wusste bereits, wohin das führte

"Storm! Das ist nicht das erste Mal, dass Du so etwas getan hast. Viele Male in der Vergangenheit bist Du nur "Deiner Intuition gefolgt" und jedes Mal habe ich Deinen Arsch gedeckt. Aber diesmal bist Du zu weit gegangen. Ich habe nur eine Alternative ..."

Storm sah zu ihrem Chef hinüber, welcher ziemlich stocksauer hinter seinem Schreibtisch stand. Sie griff in ihre Tasche und zog ihr Abzeichen heraus und dann griff sie hinter ihren Rücken, um ihre Baby Eagle herauszuziehen. Sie legte beides auf den Schreibtisch.

"James, ich habe genug! Mein Vater wurde fast umgebracht, meine Tochter wurde von einem gemeingefährlich Wahnsinnigen bedroht, zwei Officers, die meinen Vater beschützen sollten, wurden beinahe umgebracht. Geoff ist verwundet und Du setzt mich unter Druck. Das Fass ist voll und läuft wirklich schon über. Mein ganzes Leben hat es immer nur eine Person gegeben, der ich hundert Prozent vertrauen konnte und diese Person bin ich selbst! Wenn meine Arbeitsweise es mir nicht erlaubt, an mich selbst zu glauben, dann ist dieser Job nichts für mich. Ab jetzt trete ich von der Royal Australian Police Force zurück." schrie sie jetzt, denn sie war wirklich sauer. "Was ist dieser Platz überhaupt? Wo Regeln und Vorschriften wichtiger sind als Selbstverantwortung, wo jeder seinen Chef immer darüber informieren muss was er tut, auch wenn er im Begriff ist zu furzen. Ich habe es satt, James! Du bist ein guter

Mann und es gab sogar ein paar Tage in der Vergangenheit, an denen ich es wirklich genossen habe, mit Dir zu arbeiten.
Aber ich bin nicht bereit, immer Kompromisse einzugehen und ich will keine Regeln und Vorschriften befolgen müssen und vor allem möchte ich nicht, dass mir gesagt wird, was ich tun sollte und was nicht. Bis später."

Sie ging aus der offenen Tür ohne sich umzusehen und bemerkte, dass das gesamte Truppenzimmer gehört hatte was sie sagte. Als sie in der Mitte stehenblieb, erfüllte nichts als Stille den Raum. Dann klatschte jede Person im Kaderraum und dankte Cordelia dafür, dass sie das getan hatte, was jeder von ihnen irgendwann in der Vergangenheit auch tun wollte. Sie fühlte sich erleichtert und begeistert.

Sie lief triumphierend hinaus, legte einen perfekten Hochstart vor dem Eingang der Polizeistation hin und hinterließ eine lange schwarze Asphaltnarbe.

Ray Wilkins

23. KAPITEL

Alle waren bei ihrer Show, Gail Brennan, Carsten Ritschl, Sue Monaghan, Peter Forrester, Josef, Geoff und seine Frau, ihr Vater, James. Sogar Joan Jennings. Sie hatte noch sportliche Verbände an beiden Händen, aber sonst ging es immer besser. Die Galerie war voller Leute und die Atmosphäre brummte. Beverly Hobden reichte Cordelia ein Glas Champagner.
"Das ist absolut fantastisch, Cordelia! Wir eröffneten um sechs und Sie haben bereits vier Gemälde und drei "Woodspirits" verkauft. Auch das neue große Gemälde, welches Sie gerade fertig gemacht haben, mit

einem roten Punkt darauf. Ich meine, Sie könnten Ihre Arbeit als Polizistin aufgeben und ein Vollzeitkünstler werden, meine Liebe."

Cordelia stieß mit der Besitzerin der Galerie an. "Ich bin keine Polizistin mehr. Ich habe vor zwei Wochen resigniert."

Cordelia wartete nicht darauf, dass die Frau darauf antwortete, stattdessen ging sie zu Josef und sprach mit Jessica.

"Genießt Du die Show, Josef?", fragte sie, "Warum hast Du Moby nicht mitgebracht?"

Josef errötete. "Haha, sehr lustig, Storm. Er ist immer noch zu Hause in Krankenpflege wegen seiner Magenprobleme. Ich habe Jessie nur gesagt, wie sehr ich diese Malerei mag. Es erinnert mich an diesen

Künstler ... wie heißt er nochmal? Derjenige, der diese Gemälde von Pattie Smith gemacht hat ... Du weißt, wen ich meine."
"Franz Gertsch! Aber meine sind noch besser, Jo!"
Josef und Jessica lachten, aber Cordelia nicht.
Sie blickte beide an und sie konnte nicht umhin um zu bemerken, wie ähnlich sie einander sahen. Die gleichen hohen Wangenknochen, dunkle Augen, schwarzes Haar und der olivfarbene Teint. Sie fragte sich, ob es jemals auch jemand anderes noch bemerkt hatte.
"Wann brichst Du dein Lager ab, Jo?"
"Morgen früh, Schätzchen. Wir fahren zur Küste, zur Bateman-Bucht und danach bis zu Ulladullah, um unseren gemeinsamen Freund Birribirri zu besuchen. Warum

kommst Du nicht mit uns? Du hast sowieso nichts zu tun, Du kannst sogar am Strand bei Birri mit dem Surfen anfangen."

"Ich brauche Zeit in meinem Atelier, um die Dinge auszusortieren, dann gehe ich mit Carsten zum Lightning Ridge. Er will die Opal Minen betrachten."

Für eine Sekunde durchquerte Josefs Augen ein dunkler Schatten, aber er zog diese schnell zusammen.

Cordelia zog Josef am Ärmel und flüsterte ihm ins Ohr.

"Danke, dass Du da warst, als ich Dich brauchte. Ruf mich an, wenn Du das nächste Mal in der Gegend bist. Ich liebe Dich immer noch, aber Du bist immer noch ein verlogener Bastard!"

"Und ich liebe Dich auch noch, Schätzchen, aber Du bist immer noch eine egoistische Schlampe!"
"Scheint mein zweiter Name zu sein, Liebling."
Josef hielt sie auf Distanz und sah ihr in die Augen.
"Was auch immer Du entscheidest zu tun, gib verdammt noch mal sorgfältig auf Dich Acht. Glaube immer an Dich selbst und folge Deinem Herzen, aber vergiss nie, Deinen Verstand beim nächsten Mal einzusetzen! Ich werde jeden Tag an Dich denken!"
Cordelia küsste ihn hart auf den Mund und Josefs Welt stand fünf Sekunden lang still.
Jessica ging hinter ihrer Mutter her.

"Mama, als ich bei Jo war, habe ich es wirklich genossen. Es ist immer dasselbe, wenn ich ihn sehe. Er ist wie ein Onkel für mich. Aber, wenn ich versuche, ihn zu fragen, wie Ihr Euch getroffen habt, ändert er das Thema. Was ist vor fünfundzwanzig Jahren passiert?"

"Du weißt, dass ich nicht gerne über vergangene Geliebte spreche, Jess. Es ist wie mit einem gebrauchten Kondom - groß, wenn man es verwendet, aber klein, kalt und sehr klebrig, wenn man mit ihm fertig ist. Lassen wir das, okay?"

"Ich werde Dich noch einmal fragen, Mom. Du kannst darauf wetten. Es ist etwas sehr verdächtiges an Euch beiden...."

"Storm! Storm! Schön Dich wieder zu sehen, wie geht es?", unterbrach James das Gespräch. Es war das erste Mal, dass sie ihn gesehen hatte, seit sie zurückgetreten war. "Großartig, wie Du sehen kannst."

"Was auch immer Du denkst, Storm, Du bist einer der besten Detective e, mit denen ich je gearbeitet habe. Deine einzige Schwäche ist, dass Du kein Teamplayer bist und Deine Stärke ist Dein Mut, der Angst direkt ins Auge zu sehen ohne dabei Angst zu fühlen.
"Komisch, dass Du das sagst, Captain. Das ist genau das Thema dieser Malerei dort - das große."
"Deshalb habe ich es gekauft!" Er drehte sich um und ging zur Tür der Galerie auf die regengefüllte Straße.
Dieses eine Mal in ihrem Leben war Storm sprachlos.
"Cordy, alles in Ordnung?"
"Geoff, Dein Chef sagte mir nur, dass er es gekauft hat.'Der Mut der Angst.' Ich meine, das sind sechstausend Dollar, das ist absolut erstaunlich!"

Die Körperleserin

"Er erzählte mir letzte Woche, dass er seit mehr als drei Jahren gespart hat, um eines Deiner Gemälde zu kaufen. Und er wird es hinter seinen Schreibtisch hängen, um jeden Detective daran zu erinnern, was es bedeutet, ein guter Kriminalist zu sein."
Storm fühlte die Tränen kommen und ließ sie auf den schwarzen Marmorboden fallen, wo sie winzige Pfützen bildeten, die
wie Sterne in einem endlosen Universum glänzten.
Sie weinte all die Tränen, die sie in den letzten Wochen weinen wollte. Solange, bis sie keine mehr übrig hatte, während Geoff vor ihr stand, damit niemand sehen konnte, was los war. Dann ging sie zu ihren Freunden, trank Champagner und ertränkte sich in einem Meer von Emotionen.

Irgendwann um ein Uhr, als alle Kaffee tranken, ging Geoff zu ihr.
"Irgendeine Idee, was Du jetzt tun wirst, wenn Du nicht mehr bei der Polizei bist?"
Cordelia sah zu ihrem Freund auf.
"Keine Ahnung, Geoff. Alles, was ich sagen kann ist, dass ich für die Zukunft alles tun werde was ich kann und sicherstelle, dass es einfach nur richtig, geil Spaß macht!"
Geoff schaute auf das Gemälde „Fürchte Dich vorwärts" und lächelte.
"Geoff, hör zu, ich möchte rausfahren, frische Luft und Aufregung bekommen, um in meinen Kopf wieder klar zu werden. Willst Du mit mir kommen?"
"Ich würde es lieben, Cordy! Lass uns gehen."
Und sie liefen zusammen in den Schatten der Nacht.

Folge Deinem Herzen

Ray Wilkins ist ein Australischer Autor, Coach und Künstler. Er lebt in Deutschland und leitet die People and Art Factory gemeinsam mit seiner Frau, Cordula Ehms.
www.ehmswilkins.com

Ray Wilkins

Bücher von Ray Wilkins:

Das Mädchen mit den neun Zehen

Emotio glaubt an Dich

Japara